AF221074

BEL ANATOLE

Ich widme dieses Buch

Nicole Besinski,
David Bresinski,
Marilen und Jutta

H. Esther Bresinski-Seehaus

BEL ANATOLE

Die Abenteuer eines gestohlenen
Pflastersteins aus der VIA APPIA

Bibliografische Information der Deutschen Nationalbibliothek:
Die Deutsche Nationalbibliothek verzeichnet diese
Publikation in der Deutschen Nationalbibliografie;
detaillierte bibliografische Daten sind im Internet über
http://dnb.dnb.de abrufbar.

© 2018   H. Esther Bresinski-Seehaus

Illustration: Margit Abts

Herstellung und Verlag: BoD – Books on Demand,

Norderstedt
ISBN: 978-3-7528-3040-8

Bel Anatole

Hugo Glückstein schaute hüstelnd auf das Fieberthermometer. „39,8 Fieber" krächzte er seiner Frau Emma entgegen, während diese beschäftigt war, ihm Wadenwickel umzulegen. Nach getaner Arbeit schaltete sie die kleine Nachttischlampe an und er nahm bereits unklar wahr, dass Emma später wieder nach ihm schauen würde. Als sie gegangen war, döste er vor sich hin, sein Kopf dröhnte.

Plötzlich erschreckte ihn ein gleichmäßig, polterndes Geräusch. Als er den Kopf hob, um nach der Ursache zu schauen, traute er kaum seinen Augen: Es war ein gewöhnlicher, mit etwas Erde behafteter Pflasterstein, der sich mit Schwung plötzlich auf das Nachttischen schwang. Dabei baumelten seine Beinchen, die aus Kordeln bestanden, die so aussahen, wie der Große und herunter hingen. Glückstein war fassungslos und dachte: Nicht die Nerven verlieren jetzt, das ist das Fieber, das mich phantasieren lässt. Was passierte hier? Plötzlich wuchsen dem Pflasterstein auch kleine Arme, Augen öffneten sich und Glückstein verharrte vor sich hinstarrend, regungslos. „Gestatten, dass ich mich vorstelle", sprach es aus

1

dem Pflasterstein mit dunkler Stimme. Dabei verbeugte er sich leicht und etwas ungeschickt, so dass er plötzlich das Gleichgewicht zu verlieren drohte. „Ich bin Bel Anatole, den Du letztes Jahr aus seiner Heimat entführt hast", schrie er plötzlich laut, mit kehliger Stimme. „Was soll das?" Glückstein krächzte und nieste zur Bekräftigung. „Das werde ich Dir gleich sagen: Ich halte es in Deinem kahlen Garten nicht mehr aus! Die anderen Steine sind so anders als ich und wir können uns sprachlich nicht verständigen. Ich habe Heimweh", jammerte er. „Ständig werde ich gebürstet, das, was Deine Frau kehren nennt und nass bin ich auch oft. Los ist auch hier selten etwas". Mit verträumtem Blick fuhr er fort. „In meiner Heimat wärmte mich jeden Tag die Sonne und ich hatte ständig etwas zu schauen. Mittwochs z.B. trug die hübsche Francesca ihr Obst und Gemüse zum Markt. Meist wurde sie von den anderen Pflastersteinen lange vorher freudig angekündigt. Sie konnte so wunderschön singen, dass wir bedauerten, nicht dazu tanzen zu können. Auch des Nachts herrschte über unseren Köpfen rege Betriebsamkeit. Da gingen die Menschen aus und verbreiteten gute Laune unter uns. Manche Herren hatten hübsche Frauen bei sich und andere steckten ihnen diskret Münzen zu, die wir Sesterzen nannten. Wenn einer ungeschickt war, fiel ab und an eine der Münzen hin und wir ließen sie rasch zwischen den Rillen verschwinden. Sie kam dann direkt in die unterirdische Pflastersteinbank, die mein Onkel seit Jahrhunderten in der 8. Generation verwaltet". Aha, dachte Glückstein benommen, Banker haben die auch! „Ich will nach Hause, verstehst Du", brüllte Bel Anatole, der entführte und so unglückliche Pflasterstein, so dass Glückstein vor Schreck zusammenzuckte!

Nun schluchzte der Pflasterstein auch noch laut. „Jahrelang litt ich unter unsäglichem Reisefieber und sah manchem Reisenden sehnsüchtig nach, wünschte mir auch, irgendwohin zu müssen. Jahrein, jahraus fuhren sie über meinem Kopf hinweg und der Pflasterstein-Gott schien wohl eines Tages meine Gebete erhört zu haben, weil er Dich auf meinen Lebensweg schickte. Würde ich doch nur wieder die liebliche Heimatluft riechen, die Menschen lachen und schimpfen hören, den Mädels unanständig unter die Röcke schauen und mich respektvoll bei Beerdigungskonvois mit den anderen Pflastersteinkumpels bekreuzigen. Ach, bring mich doch zurück!"

3

Bel Anatole rollte mit den Augen, aus denen eine Träne kullerte. Diese löste dann etwas Erde auf und die Mischung verbreitete sich auf dem Nachttischchen. Glückstein schaute verstohlen auf den Schaden, wagte aber nicht, sich zu bewegen. „Ich gehöre hier nicht her, ich will in meiner Heimat begraben werden", schluchzte er weiter. Dass er dabei an „Piedrina" dachte, seine große Liebe, verschwieg er. Es hatte vor 30 Jahren zwischen ihnen gefunkt und es hätte nur noch 25 Jahre gedauert, bis sie hätten heiraten können, um kleine Pflastersteine zu bekommen. Sein steinernes Herzchen schmerzte. Sentimental und voller Mitgefühl musste auch Glückstein schluchzen und versprach unter Tränen, ihn während der nächsten Italienreise wieder dort in der Via Appia einzubuddeln, wo er ihn als Souvenir bedenkenlos geklaut hatte. „Liebling, was hast Du?" Emma, seine Frau, stand unerwartet im Türrahmen, kam besorgt auf ihn zu und küsste zärtlich seine verschwitzte Stirn. „Ach nichts", antwortete Glückstein weinerlich. „Aua, mein Kopf", dabei schielte er verstohlen dahin, wo Bel Anatole soeben noch, mit den Beinchen baumelnd, gesessen hatte. „Morgen wird es Dir besser gehen", flüsterte Emma, löschte das Licht und schlich sich auf leisen Sohlen aus dem Zimmer.

Der nächste Morgen! Glückstein blinzelte verstohlen zur Uhr. 9 Uhr! „Herrjeh!" Jäh fuhr ihm der Schreck in die Glieder. „Verschlafen!" Bevor er hastig seine Bettdecke zurückschlagen wollte, linste er verstohlen zu Emmas Bett. Die schien jedoch noch tief und fest in Morpheus Armen zu verweilen. „Ach ja, überlegte er, „es ist ja Samstag". Durch diese Erkenntnis entspannt, schlug er die Beine hoch wieder ins Bett und atmete erleichtert auf. Das mollige Gefühl zwischen den Bettlaken steigerte sein Wohlbefinden, obwohl ihm immer noch die Knochen wehtaten. Die Halsschmerzen waren nicht mehr so intensiv. Emma hatte ihm gestern, bevor er einschlief, eines ihrer Seidentücher umgelegt. Sie schwor auf diese Methode und blieb bei ihrer Meinung, dass sich sein Gesundheitszustand dadurch bessern würde. Den Rat hatte sie einst von ihrer Großmutter Friederike, die in einer Epoche lebte, als man sich noch nicht bei jedem Wehwehchen eine Pille einwarf.

Bevor er sich wieder ein weiteres Schläfchen gönnte, erinnerte er sich plötzlich an den Pflasterstein auf seinem Nachttisch, der sich als „Bel Anatole" vorgestellt hatte.

„Hm, Bel Anatole, klingt doch eher französisch", sinnierte er. Übersetzt würde das „schöner Anatole" bedeuten. Was Glückstein nicht wissen konnte, war, dass Bel Anatole einst im Mittelalter, als die Römischen Soldaten ein Land nach dem anderen eroberten, auf dem Rückweg durch die Meeresalpen, die man heute Côte d'Azur nennt, und zwar im damaligen Monoicos, er schon einmal von ihnen als Souvenir aus seiner Heimat ausgebuddelt wurde. Dass Bel Anatole vor einer anderen Tragödie aus seinem Leben, die Dir später offenbart wird, auch ein italienischer Soldat war, der unter Julius Cäsar gedient hatte, konnte niemand ahnen.

Da Bel Anatole, dem römischen Soldaten der ihn trug, auf dem Heimweg zu schwer und lästig geworden war, vergrub dieser ihn unbemerkt und schnell zwischen den anderen Pflastersteinen der „Via Appia", wo er genau hineinpasste. Da er noch einige Flaschen köstlichen regionalen Wein in seinem Gepäck trug, entschied er sich dafür, den Wein zu behalten und den Stein loszuwerden. Nach längeren Integrationsprozessen verweilte Bel Anatole Jahrhunderte bis heute an dem Platz und wäre nicht Piedrina gewesen, die ihn sprachlich unterstützte und über die Gepflogenheiten der

Pflasterstein-Wohngemeinschaft aufklärte, hätte es sicher noch hunderte von Jahren gedauert, bis er sich endgültig integriert hätte.

Durch den Zwangsumzug von Monoicos nach Rom entwickelte sich das, was man heute Fernweh nennt. In Junkersdorf jedoch, siegte dieses Gefühl bei Bel Anatole völlig und er entdeckte zum ersten Mal in seinem steinernen Herzchen Heimweh. Insgeheim ärgerte er sich über den Tag, an dem Glückstein ihn von dort entführt hatte. Dieser hatte dem Charisma von Bel Anatole, das er einst auch als Mensch besaß, nicht widerstehen können und ihn unbedingt nach Hause mitnehmen wollen.

Auch Steine haben so etwas wie eine Bindung an ihre Heimat. Egal, wo es auf der Welt ist. Viele gedankenlose Touristen wissen nicht, was sie anrichten, wenn sie Steine als Souvenir einstecken, die Jahrtausende an einem Ort lagen. Es ist wie bei Menschen, die aus völlig unterschiedlichen Kulturen plötzlich umziehen, sei es freiwillig oder zwangsläufig. Neues Klima, neue Sprache etc. Und glaube nicht, dass Steine auch untereinander, wenn ein Fremder plötzlich zwischen ihnen verweilt, anders reagieren als wir Menschen. Das Fremde ist für sie

7

ebenso eine Bedrohung. Auch Steine verfügen an verschiedenen Orten über Möglichkeiten der Kommunikation. Ebenso sowie Rangordnungen und Gesetze.

Bel Anatole war auf der langen Reise quer durch Europa gespannt, wo er denn nun dieses Mal genau landen würde. Er war neugierig und weil Steine unsterblich sind, malte er sich aus, dass er von dort aus, sollte es ihm nicht gefallen, er immer wieder durch Gelegenheiten, die sich ergeben würden, wegkäme. Genau diese Erkenntnis machen Steine zu den geduldigsten Wesen auf unserem blauen Planeten.

Es ging auf der Heimfahrt nach Deutschland, was er aus Gesprächen der Familie heraushörte, die Bel Anatole auf dem Boden des Wohnmobils verbrachte. Nach einigen Tagen waren sie endlich am Ziel angekommen und Bel Anatole war sichtlich erbost, als er von Glückstein achtlos in die Ecke einer Garage geworfen wurde. Das, was er erblickte, nämlich, Spinnweben in der Dunkelheit und allerhand Gerümpel empfand er als Majestätsbeleidigung und er wurde mit jedem Tag, den er in diesem dunklen Hangar verbrachte, ratloser und ärgerlicher. Einzig und allein der Gedanke an Piedrina machte sein Dasein erträglicher und bewahrte ihn davor, in eine schwermütige Stimmung zu verfallen.

Wenn Glückstein das Tor öffnete, das zur Straße ging, stellte Bel Anatole beim Anblick der Villen dort immer wieder fest, dass er scheinbar doch in einer ganz passablen Gegend gelandet war. Der Ort hieß Junkersdorf und schien seinem sozialem Status, wie er es in Italien gewohnt war, zu entsprechen.

Und eines Tages, als Bel Anatole vor Langeweile dösend in seiner Ecke schlummerte, kam Glückstein mit einer Schaufel in der Hand und griff nach ihm, was ihn wahnsinnig erschreckte. Er hob ihn hoch und Bel Anatole konnte gerade ein Loch in der Erde eines Ziergartens erkennen, wo Glückstein ihn kurzerhand neben einem Farn eingrub. Das Loch, in dem er eingegraben wurde, hatte Glückstein nach langem hin und her für ihn ausgehoben. Er sollte Grünes um sich haben und es sollte ihm gutgehen. Dabei erwischte er sich, dass er an die Dinge dachte, die er niemandem würde erzählen können, weil man ihm sicherlich einen Fimmel zeigen würde.

Tja und da lernte er wieder wie in früheren Zeiten die Vor- und Nachteile kennen, die man im Ausland so erleben muss, wenn man ein „Neuer" ist. Da es oft regnete, wurde er oft nass. Die Herrin des Hauses schien auch immer gerne den Schrubber zu schwingen. Ständig wurde er gebürstet und seine italienische Patina löste sich im Laufe der Zeit nach und nach auf. Auch seine leicht goldene Farbe, die zwischen dem hellen Grau hervorschimmerte, verblasste zusehends. Bald würde er so aussehen wie die anderen und außer seiner Form, die von denen der anderen leicht abwich, verriet nichts mehr über seine ausländische Herkunft.

Jedes Mal, wenn Emma, was sie oft machte, mit dem Folterinstrument in den Garten hinaus stampfte, den bekannten, entschlossenen Blick drauf, dachte Bel Anatole „Herrjeh, da kommt DIE schon wieder! Weiß sie denn nicht, dass sie mich damit ausdünnen kann, zu Pulver? Und dann immer wieder unter dem häufigen Regen vollkommen durchnässt! Wo bin ich hier hingeraten"? Langsam stieg seine Verzweiflung und er überlegte langsam, ob diese Umgebung und vor allem das Land wirklich für ihn das Richtige war.

Auch Steine haben eine Art Schutzengel. Wie auch Menschen können wir ihn meist nicht sehen. Nur ab und an zeigt er sich bei Gewittern. Dann rollt er nach dem Blitzeinschlag unsichtbar durch die Gegend und erzeugt dieses Geräusch, dass der Mensch als Donnergrollen wahrnimmt.

Als Bel Anatole wieder mit leicht depressiver Verstimmung seinen trüben Gedanken nachhing, die sich immer häufiger manifestierten, stand er da. Den, wo auch Steine ehrfürchtig wissen, dass er sich, genauso wie die göttlichen Erscheinungen bei Menschen, ganz selten offenbart. Der Gott aller Steine dieser Welt!

„Was jammerst Du so herum, dass man es bis auf dem Planeten Lubdulum vernehmen kann?", herrschte der Steingott ihn an. Er war zufällig in der Gegend, als er die Gelegenheit eines Gewitters nutzte, um sein Donnergrollen laut auszuleben. Dabei war ihm Bel Anatole, den er schon einmal in Italien gesehen hatte, aufgefallen. „Nanu, was macht DER denn hier"? Flugs stand er nun vor dem Unglücklichen, um sich seine Geschichte anzuhören.

Bel Anatole erstarrte! Wäre er ein Mensch gewesen, hätte er vor Freude geweint. Als Stein jedoch hätte er bei diesen Gefühlsduseleien den Gott aller Steine vertrieben, hätte er sich gehen lassen. Sachlich antwortete er in ganz kurzen Sätzen:

11

„Bin entführt worden, habe Heimweh, will zurück"!

„Hm, wirklich eine blöde Situation in der Du steckst." Der Gott aller Steine dachte nach. Dabei ließ er ein leichtes Donnergrollen vernehmen. Nach einer Weile brummte er: „O.k. Du bekommst 3 Gelegenheiten, dich so zu zeigen, dass Du es schaffst, wieder in Deine Heimat zu gelangen". "Ciao, wir sehen uns dann auf der Via Appia Vielleicht!!" Laut lachend und grollend verschwand der Gott aller Steine hinter dem nächsten Blitzeinschlag. „Mich mit seinem Heimweh zu belästigen", dachte er noch ärgerlich und schlug mit lautem Getöse in einen Strommast ein.

Tage später, nach dem Besuch des Gottes aller Steine stellte Bel Anatole fest, dass er tatsächlich für eine gewisse Zeit magische Kräfte verliehen bekommen hatte. Er durfte sich dreimal, wie vorausgesagt, sich aus dem Garten lösen und sich woanders hinbegeben. Und er stellte fest, dass er für die Umwelt, wenn er es wollte, sichtbar wurde.

Da passte es ihm wohl genau in den Kram, dass der Verursacher seiner Misere, nämlich der Herr Glückstein, der ihn ungefragt mitgenommen hatte, gerade Fieber bekam und an seinem

Verstand zweifeln musste, als er ihn erblickte. Obwohl aus Stein, konnte er jetzt sogar durch die Luft Dinge sehen, die sich hinter den Mauern in den Häusern der Menschen abspielten.

Verzweifelt und doch voller Hoffnung zwängte sich Bel Anatole eines Tages bzw. abends mühsam aus seinem Erdloch, ließ sich kurze Beinchen wachsen. Arme, Augen und Mund wollte er zu einem späteren Zeitpunkt herbeizaubern.

So erklärt sich für Euch, liebe Leser, wieso Bel Anatole eines Abends bei dem an Grippe erkrankten Hugo Glückstein aufschlug.

Doch nun zurück zur Geschichte. Glückstein spazierte am nächsten Nachmittag nach dem Zwischenfall in seinem Schlafzimmer, im Bademantel durch seinen Ziergarten auf und ab und schaute sich aufmerksam alle Steine an. An Bel Anatoles Platz angekommen, wo nur noch lockere Erde verriet, dass er sich bewegt hatte, fixierte er diesen mit einem Blick. Nichts rührte sich. „Liebling, was machst Du da draußen?", rief Emma. „Nichts Emmi", so nannte er sie meistens. „Hm NICHTS, typisch", dachte Emma verärgert und schwieg. „Steht da und macht nichts". Ob er dabei wirklich wieder an „NICHTS" denkt? Dabei stellte sie sich in ihrer

13

Phantasie vor, dass sein Kopf leer sei und der Wind durch seine Ohren durch eine leere Calotte (das ist die Schädeldecke) pfiff. „Komm doch bitte wieder herein, Du bist doch noch krank! Ich mache Dir auch eine heiße Schokolade", lockte sie ihn mit säuselndem Ton aus der Kälte. Bei dem Gedanken an Schokolade vergaß Glückstein Bel Anatole, der es nicht gewagt hatte, sich zu bewegen.

Von seinem Sofa aus hatte er, die heiße Schokolade schlürfend, die Gelegenheit, sich nachdenklich seinen Garten anzuschauen. Ob er wirklich durch den Fieberschub phantasiert hatte? Er schaute seine Frau nachdenklich an und überlegte, ihr davon zu erzählen. Elegant gekleidet, wie immer, hatte sie es sich, die Beine übereinandergeschlagen, auf einem Sessel bequem gemacht und blätterte in einer dieser Hochglanzzeitschriften.

Noch von seinem grippalen Infekt sichtlich angeschlagen, begab er sich an diesem Abend früh zu Bett. Seine Knochen schmerzten immer noch und er musste Emma Recht geben, wenn diese befand, dass er Ruhe brauchte. Seine beiden halbwüchsigen Kinder hatten sich für das Wochenende zu irgendwelchen Golfturnieren angemeldet und kämen erst Sonntagabend wieder nach Hause. Er genoss es, weil angeschlagen, dass Ruhe im Haus herrschte.

Dazu gehörten auch die zahlreichen Freunde der Kinder, die ausblieben und sich sonst ständig in seinem Haus etablierten, was auch beinhaltete, dass sogar vor dem Kühlschrank kein Halt gemacht wurde.

Emma war mittlerweile in die Stadt zur Shoppingtour gefahren. Sie traf sich immer mit ihrer besten Freundin Yvonne, mit der sie gewohnheitsmäßig nach ihrem Einkaufsmarathon beim Italiener an der Ecke einkehrte. Vor 22 Uhr würde sie nicht zurück sein. Glückstein streckte sich unter seiner warmen Bettdecke aus und genoss diese absolute Ruhe. „Ruhe lässt den Körper rascher genesen", pflegte seine Mutter zu sagen. „Wie recht sie immer hatte", dachte er, bevor er leise röchelnd einschlief.

Lautes Klopfen riss ihn aus seinem wohligen Tiefschlaf. Erschrocken schaute er auf den Nachttisch, von dem das Geräusch kam. „Ach herrjeh" dachte er, da ist DER schon wieder". Bel Anatole lachte höhnisch. „Glaubst Du, Du hast gestern geträumt, hä, glaubst Du ich habe Dich vergessen?" krächzte er. „Wach auf" schrie er! Seine gebieterische, fast hysterische, Stimme duldete keine Widerrede. Dabei klopfte er zur Bekräftigung mit seinem Steinfüsschen wieder gegen das Holz des Nachtisches.

„Weißt Du, wie viele Menschen sich die böse Angewohnheit angeeignet haben, uns Steine als Souvenir mit nach Hause zu nehmen"? fuhr er fort. „Weißt Du wie viele Steine in fernen Ländern weit weg von Zuhause unter Heimweh leiden? Manche verlieren vor Kummer ihre Farbe oder bröckeln einfach so vor sich hin. „Huuuhhh, Bel Anatole weinte von den eigenen Gefühlen überwältigt laut und Hugo Glückstein schloss gerührt die Augen und stellte sich das Leiden der Steine auf der ganzen Welt vor – was ihm verständlicherweise recht schwerfiel.

Dabei dachte Bel Anatole an den untröstlichen Obelisk aus Ägypten, den einst Napoleon auf der „Place de la Concorde" in Paris aufstellen ließ. Diesen Gedanken behielt er für sich. Es ging jetzt um ihn, einzig allein um ihn und es war sein Kampf!

„Ich will jetzt sofort nach Hause! Los steh auf". Zur Bekräftigung knallte er wieder seinen Fuß gegen das Holz. Hugo Glückstein, dem von dem Getöse fast der Schädel platzte, hoffte nur, dass ‚Bel

Anatoles Gepolter keine Spuren auf dem kostbaren Weichholz hinterlassen würde. Er hörte nicht mehr auf, ungeduldig im Takt zu klopfen und „Nach Hause! Nach Hause! Nach Hause!" zu rufen.

„Hör auf!" schrie Glückstein plötzlich dazwischen. „Bitte hör auf! Aua mein Kopf!"

Doch Bel Anatole machte weiter und mitten im Getöse wurde es Hugo Glückstein dann doch zu bunt und er schrie: „Höre sofort auf mit dem Krach! Mache nicht so einen Aufstand, sonst platzt mir gleich der Kessel und ich werfe dich eigenhändig in den Rhein"! Schweißperlen rannten ihm die Stirn herab.

Die Augen vor Schreck geweitet, verharrte Bel Anatole regungslos. In den Rhein geworfen zu werden, schien wohl etwas ganz schlimmes zu sein und er überlegte, dass es wohl besser wäre, Hugo Glücksteins" Geduld nicht weiter zu strapazieren. „OK, lass' uns reden", säuselte Bel Anatole scheinheilig einlenkend nach einer Weile und setzte sich wieder, die Beinchen baumelnd an den Nachttischrand. Dabei vermied er den Kontakt mit dem Weichholz. Mit den Händchen stützte er sich auf und war gespannt, was Glückstein zu sagen hatte.

„Wie ist denn Dein Plan?" fragte er leise. „Wie komme ich wieder nach Hause?" „Sag' mal", Glückstein schaute verstohlen um sich, „sag' mal, wieso kannst Du sprechen"? Bel Anatole verzog schweigend und geheimnisvoll das Gesicht und Hugo Glückstein, der ahnte, dass es Bel Anatole nicht leicht war, seine Geschichte zu offenbaren, wartete geduldig auf die Antwort.

„Hast Du schon einmal etwas von „Medusa" gehört?". „Ja klar, wer kennt sie nicht, die Geschichte aus der griechischen Mythologie. Das ist doch die Frau mit den Schlangen auf dem Kopf". „Genau", antwortete Bel Anatole. „Wo jeder, der ihr ins Antlitz schaut, zu Stein erstarrt".

Bel Anatole schien plötzlich sehr aufgeregt zu sein. „Und was hast Du, Du Stein aus der Via Appia, mit Medusa zu tun", fragte Glückstein.

„Sehr viel", antwortete der Pflasterstein mit besserwisserischer Miene. Dabei genoss er die volle Aufmerksamkeit Glücksteins. „Ich zog einst als römischer Soldat mit meinen Kumpanen nach einer Schlacht durch Griechenland. Hungrig, mit zerlumpter Uniform zogen wir auf der Suche nach Essbarem durch Dörfer, Richtung

Heimat. Dabei plünderten wir alles, was uns brauchbar erschien, ohne Rücksicht auf die hungernde Bevölkerung".

„Und wo wir eines Tages wieder in ein sehr ruhiges, fast stilles Dorf marschierten, wo sich kein Mensch blicken ließ", fuhr er fort, „In der Hoffnung, etwas Stärkung zu stehlen, winkte uns ein freundlicher Bauer zu und lud uns in ein großes Holzhaus ein".

„Überhaupt nicht misstrauisch geworden, drängten wir uns alle neugierig hinein. Die Hütte war leer und wir standen ratlos am Ende des Raums vor einer geschlossenen Türe". Wir dachten, „gleich gibt es etwas zu essen". „Als wir den Bauern fragen wollten, hatte dieser sich wieder schnell aus dem Staub gemacht und wir standen, wie bestellt und nicht abgeholt, in diesem leeren Raum mit kleinen Fenstern."

„Plötzlich ging diese auf und eine sehr große Frau mit blauen Augen, mit einem Tuch auf dem Kopf kam lächelnd zu uns. Uns blieb zuerst der Atem stehen, weil sie so schön war, engelhaft gleich. Gebannt schauten wir ihr zu, wie sie sich das Tuch vom Kopf riss und

19

erblickten viele Schlangen, die sich um ihr Haupt bewegten.

Plötzlich dämmerte es uns, dass wir uns in Gefahr befanden und wollten schnell umkehren. Aber es war für jeden von uns zu spät! Wen auch immer sie anschaute, erstarrte zu Stein. So auch ich"!

„Medusa, die Gorgone, wurde doch einst der Kopf abgeschlagen", erinnerte Glückstein sich, was erzählt er mir da, will mir wohl einen Bären aufbinden?" Sein Wissen nebst Zweifel und Überlegungen teilte er auch Bel Anatole mit. „So ganz uninformiert bin ich nicht", fügte er noch lächelnd hinzu und warf ihm einen verschwörerischen Blick zu". „Du hast recht", antwortete dieser. „Was aber damals keiner wusste, war, dass Medusa eine heimliche Tochter mit einem blauäugigen Germanen bekam". Die Germanen waren damals auch überall in Europa unterwegs, fügte er hinzu. „Und nicht nur als Touristen!"

Gottlob kam er mit dem Leben davon, weil Medusa, wenn der blonde Germane ihr einen Besuch abstattete, ein Kopftuch trug und eine Maske. So konnte verhindert werden, dass dieser ebenso zu Stein erstarrte. Eines Tages kehrte er über das Meer in seine Heimat

Germanien zurück und ließ Medusa mit dem Kind sitzen, die es „Georgina" nannte, weil der geliebte Germane Georg hieß.

„Klar, Medusa war, wie gesagt, eine Gorgone mit ihren 2 Schwestern", erinnerte sich Glückstein. „Und warum steht diese Ergänzung zur Geschichte in keinem Geschichtsbuch"? fragte er Bel Anatole. „Das konnte noch nicht niedergeschrieben werden, weil das niemand in der Welt erfahren sollte. Zu gefährlich, verstehst Du? Medusa war, bevor es an die große Glocke kam, der Kopf abgeschlagen worden. Die Bauern hatten Mitleid mit Georgina und versteckten sie. Immer wenn Soldaten, Diebe und Eindringlinge kamen, die nichts Gutes im Schilde führten, wurden sie durch ihre Hilfe zu Stein. Dafür versorgten sie Georgina mit Lebensmitteln, Kleider und über einen Spiegel unterhielten sie sich sogar mit ihr".

„Aha und Du wurdest dann zu Stein!" „Genau!".

Glückstein dröhnte wieder der Kopf. „Das wird ja immer verworrener..."

Worüber die beiden sich dann, nach dieser abenteuerlichen Geschichte, noch freundschaftlich unter vier Augen

21

lange unterhielten, kann ich hier nicht wiedergeben, weil sie flüsterten.

Bel Anatole schaffte es, Glückstein das Versprechen abzuringen, ihn in seinen nächsten Ferien wieder nach Italien zurückzubringen und dort zu deponieren, wo er ihn einst gedankenlos und egoistisch ausgegraben und entführt hatte.
Um sein Herz zu berühren, ließ Bel Anatole sogar wieder einige sandige Tränen kullern, die auf dem Nachttischdeckchen kleine graue Flecken hinterließen. Und auch Glückstein ließ, durch die traurige Stimmung, die durch Bel Anatoles's Kummer entstand, eine Träne auf sein Kopfkissen rinnen.

Plötzlich sprang Bel Anatole auf und es ertönte ein lautes, „Rattatatta Bumratubba"! „Was soll das jetzt schon wieder bedeuten", schrie Glückstein erschrocken. Langsam zweifelte er an seinem Verstand. Das würde er niemals jemandem erzählen können. „Das ist der Ausdruck meiner Freude!" erklärte Bel Anatole ihm und verschwand.

Er vergaß ihm noch zu sagen, dass es nicht nur der Freudenschrei sondern auch ein Schlachtruf vor einer großen Aktion war.

Hugo Glücksteins's Kopf dröhnte immer lauter und er schlief erschöpft ein, nachdem er die schwer gewordenen Augenlider schloss.

Zu später Stunde, so kurz vor Mitternacht, wankte Emma, mit Einkaufstüten aus diversen Boutiquen ausgestattet, ins Schlafzimmer.
Er hatte gehört, wie sie sich ins Haus schlich. Im Schlafzimmer, wo bis gerade das Licht gebrannt hatte, war es still. Sie wankte ordentlich in Weinlaune abgefüllt ins Bad. „Angelo hat die beiden sicher wieder mit seiner verführerischen Art und Weise mit Alkohol abgefüllt und seinen Charme spielen lassen, um den Umsatz in die Höhe zu treiben", dachte er benommen. Dann schlief er wieder ein.

Besorgt legte Emma, bevor sie auf ihr Bett zuging, ihre Hand auf die Stirn ihres Mannes, um festzustellen, dass er immer noch leicht fieberte. Dieser drehte sich herum, schlief weiter uns murmelte im Schlaf: „Schatz wir fahren mit den Kindern nach Italien und buddeln den Pflasterstein aus der Via Appia wieder ein". „Ja, Liebling gute Nacht", entgegnete Emma. Sie war müde gelaufen und froh sich einmal abgeschminkt, endlich sich zwischen den kühlen Satinlaken auszustrecken.

23

„Er phantasiert ganz schön", dachte sie, bevor sie einschlief. „Morgen rufe ich unseren Hausarzt an, wenn es nicht besser wird". Bevor sie den Gedanken zu Ende gedacht hatte, blies sie bereits ihren alkoholisierten Atem in regelmäßigen Abständen ein- und aus.

Die nächsten Tage vergingen wie im Flug und der Alltag holte jeden aus der Familie wieder ein. Und doch schwebte im Haus eine eigenartige Atmosphäre. Hugo Glücksteins Angetraute hoffte, das sie die Herbstferien, wie jedes Jahr, nach Spanien gehen würden. Unter der Sonne Andalusiens, dachte sie, würde er sich erst einmal nicht nur körperlich von der Krankheit erholen, sondern auch mental. Sie konnte seinen Gedankengängen nicht mehr folgen. Das verunsicherte sie.

Bel Anatole dagegen muckste sich tage- und nächtelang kein bisschen mehr und keiner vermutete, dass Hugo Glückstein von seinem Plan wirklich nicht mehr abzubringen war.

Die Herbstferien rückten immer näher und die Familie schickte sich an, die Seesäcke, die immer im Wohnmobil mitgenommen wurden, mit den nötigen Utensilien für die Reise auszustatten. Dabei stellten sie entsetzt und verstohlen fest, wie das

Familienoberhaupt mit seinem Finger über eine Landkarte glitt und die Route durch die Schweiz nach Italien anzeigte.

„Wieso schaust Du auf die Schweiz, Liebling", fragte Emma völlig verunsichert. Sie wurde blass!

Auf Hugo Glücksteins Antwort folgte ein riesengroßer Streit, beide brüllten durcheinander und auch die Kinder mischten sich in dem Getöse ein, vertraten jeder seinen eigenen Standpunkt und zeigten die Enttäuschung über die eigenmächtige Planänderung vom Vater Glückstein.

Nachdem sich die Gemüter beruhigt hatten, handelten sie einen Kompromiss aus, der einen Burgfrieden vermuten ließ. Glückstein würde mit den Kindern und dem Wohnmobil Richtung Italien fahren und Emma würde erst einmal einen Abstecher nach Spanien machen, in Torrevieja Freunde besuchen, Party machen, um dann anschließend nach Rom zu fliegen.
Von dort aus würde man die Rückreise zusammen fortsetzen. Mit diesem Kompromiss einverstanden, beruhigten sich die Gemüter wieder rasch.

Als alle zu Bett gingen und Hugo Glückstein sich sicher war, dass alle schliefen, glitt er durch die Laken aus seinem Bett und schlich sich auf Zehenspitzen in den Garten. Den Spaten, den er für sein Vorhaben benötigte, hatte er vorsorglich hinter den Geräteschuppen gestellt. Damit bewaffnet, ging er leise in der Dunkelheit durch den Garten zu der Stelle, wo Bel Anatole mit den anderen vor sich hindöste. Man hörte deren Schnarchen leise und regelmäßig.

Bevor er den ersten Spatenstich ansetzte, hörte er die forsche Stimme Emmas: „Hugo, was machst Du um Himmels Willen jetzt schon wieder hier draußen und das fast mitten in der Nacht?" Trotz seiner Überraschung antwortete er genauso forsch: „Ich grabe den italienischen Stein aus der Via Appia aus"! „Aha und warum das jetzt?" „Weil ich ein schlechtes Gewissen habe, ihn damals einfach mitgenommen zu haben. Das war wie eine Entführung", murmelte er leise hinterher.

„Was meinst Du, wie egal das dem blöden Stein ist", giftete Emma nun ungehalten über diese Geschichte zurück.

Dann machte Glückstein sich, innerlich in ‚Rage, weil von Emma zu Tode erschrocken, an die Arbeit! Emma drehte sich auf ihren rosa

Plüschpantöffelchen wütend herum und stakste Richtung Wohnzimmertüre. „Der wird ja immer verrückter durch das Fieber"! dachte sie.

In ihrem Schlafzimmer angekommen, pfefferte sie ihre Pantöffelchen, an denen jetzt etwas Erde klebte, was man gottlob in der Dunkelheit nicht sah und sie erst morgen in Aufruhr versetzen würde, an die Wand. Voller Wut warf sie sich in ihr Bett, löschte das Licht und stülpte sich die Bettdecke über den Kopf. Im Mondschein konnte man nur noch vereinzelte, lange blonde Haare, die sich auf dem Kopfkissen ausbreiteten, entdecken.

Am nächsten Morgen herrschte rege Betriebsamkeit bei den Glücksteins. Die Kinder packten ihre Seesäcke und Emma ihren eleganten Koffer. Dann ging es los und Hugo fuhr Emma mit dem Wohnmobil vorher noch zum Flughafen, um anschließend mit den Kindern allein, die Route nach Italien anzutreten. Unter der Klappbank lag aufgeregt Bel Anatole. Bald würde er Piedrina wiedersehen! Ob sie ihn in der langen Zeit seiner Abwesenheit bereits vergessen hatte, sinnierte er?

Piedrina hatte ihn nicht vergessen! Im Gegenteil! Ihr Herz war vor Kummer gebrochen und mitten im Piedrina-Stein klaffte eine Lücke. Einfach fort war er, ohne sich vorher von ihr zu verabschieden! Dabei war sie sich sicher, damals, als sie ihn erblickte, die richtige Wahl getroffen zu haben. Als sie in die Via Appia mit ihrem Gefolge einzog, war Bel Anatole der erste Stein, der ihr am besten gefiel. Obwohl auch Cesare, Paolo und Pietro ihr ihre Aufwartung machten, hatte sie nur Augen für Bel Anatole, der sie anfangs noch nicht einmal zu bemerken schien.

Für ihn war sie eine dieser verwöhnten hübschen Pflastersteinmädchen. Doch Bel Anatole war nicht vollkommen aus Stein und hörte stets das Steinherz Piedrinas klopfen, wenn sie ihn anschaute. Und eines Tages, als er nach 20 Jahren feststellte, dass sie sich wirklich nur für ihn interessierte, lächelte er sie endlich an. In diesem Augenblick blieb Piedrinas Herz fast stehen. Später wurden sie offiziell ein Paar, sehr zum Verdruss von Cesare, dem Nachbarstein, der sich ebenso ernsthaft in sie verliebt hatte.

Bevor sie losfuhren, hatte Glückstein Bel Anatole im Garten ausgegraben und aus dem Schlaf gerissen, um ihn in das Wohnmobil zu deponieren. Da er Bel Anatole wecken musste, hatte dieser wieder einmal schlechte Laune. „Was isn' jetzt schon wieder?", hatte er benommen gefragt. „Es geht nach Hause Bürschen," antwortete Glückstein. „Waaaaas?". „Ja morgen geht es Richtung Via Appia"!

„Rattata Bumratubba", schrie Bel Anatole schlaftrunken. „Jaja den Schlachtruf kenne ich", dachte Glückstein lächelnd, während er ihn flugs ausgrub. Bel Anatole zeigte sich, während er gewaschen wurde vollkommen entspannt. Er schloss seine Augen, als Glückstein mit der Bürste über sein Antlitz mit den Augen strich, und lächelte sogar selig. Endlich nach Hause!

Einmal behutsam von aller Erde befreit, wickelte er ihn in Küchenpapier und legte ihn unter die Bank des Wohnmobils. „So, da bleibst Du jetzt, bis Du wieder Zuhause bist". Bel Anatole reagierte nicht und Glückstein zweifelte wieder kurz an seinem Verstand, verwarf seine Zweifel jedoch gleich.

Mit dem Wohnmobil fuhren er und die Kinder Pfadfinderlieder singend durch schöne Landschaften. Unterwegs hielten sie in der Schweiz an, um ein Picknick an einer schönen Sommerwiese zu machen. Der Blick auf die Berge war atemberaubend. Emma hatte das eingepackt, was jeder am liebsten aß, bevor sie losfuhren. Die Tatsache, dass die Kinder trotz der schönen Landschaft zwischen zwei Liedern meist mit ihren Smartphones beschäftigt waren, betrübte Glückstein etwas. Die Schweiz überquerend fuhren sie durch die wunderschöne Toskana Richtung Rom. Bel Anatole verharrte still aber innerlich jedoch sehr aufgewühlt. Während der ganzen Fahrt stellte er sich vor, wie die anderen Pflastersteinkumpels schauen würden, wenn er plötzlich wieder auftauchen würde. Er befürchtete, dass man ihn nach solch einer langen Zeit vielleicht vergessen hätte.

Wahrscheinlich war sein Platz bereits durch einen anderen Pflasterstein besetzt. Und Piedrina? Seine Phantasie galoppierte und er war innerlich völlig aufgewühlt. „Ach was, dachte er, ich werde sehen, was passiert, wenn ich wieder da bin". Nun, überlegte er, was er ihnen alles erzählen würde. Von den anderen bemitleidenswerten Steinen in Deutschland, die den Garten zierten. Vom vielen Regen, vom Schrubber und der chaotischen Familie, nebst Hausherrin, die gerne eine Freundin des gepflegten Tropfens war. Wenn sie wieder ein „Weinchen", wie sie sagte, „gepichelt" hatte und mit ihrem Glas durch den Garten torkelte, um zu sehen, ob Eduard, der von seiner Frau verlassene Nachbar sich zufällig in seinem Gartenhäuschen aufhielt, machte Bel Anatole sich einen Spaß draus, sich etwas zu erheben, damit sie stolperte. Verwundert schaute sie sich dann um und musste feststellen, dass dort kein Stein mehr lag, über den sie sie hätte stolpern können, weil Bel Anatole sich wieder tiefer in seine ursprüngliche Position verkrochen hatte.

Die anderen Steine schauten jedes Mal, völlig konsterniert herablassend auf Bel Anatole herab. „Was für Spaßbremsen", seufzte Bel Anatole wehmütig an seine Heimat denkend. Dort wurde es als Sport betrieben, so viele Passanten wie möglich zu Fall zu bringen.

Und dann, eines Tages nach einer nie enden wollenden Fahrt, die Bel Anatole endlos erschien, war es endlich soweit!! „Via Appia" schrie Glückstein nach hinten. Bel Anatole wäre fast vor Schreck aus dem Taschentuch gefallen. Die Kinder schauten zuerst auch in Richtung wo Glückstein hinschaute und sich anschließend gegenseitig vielsagend an. Glückstein hielt den Motor an und Bo Anatole hörte, wie er den Kindern befahl: „Das war hier! Jungs holt den Stein".

Mit dem mitgebrachten Spaten bewaffnet, grub Glückstein flugs Bel

Anatole ein und glücklicherweise passte er sogar noch in das Loch, das er damals, damit es nicht auffällt mit Erde zugeschüttet hatte. Seine Kinder waren nach getaner Arbeit bereits wieder in das Wohnmobil eingestiegen und widmeten sich ihrer Lieblingsbeschäftigung, den Smartphones während Glückstein schweigend vor Bel Anatole wie vor einem Grab stehend Abschied nahm.

„Adieu Bel Anatole", sagte er leise. Danke für die Erkenntnis und für die Welt, die sich mir offenbart hat. Ich werde in Zukunft keinen Stein mehr als Andenken mitnehmen. Nicht auszukalkulieren, wie viele Kilometer ich zurücklegen würde, müsste ich sie alle wieder in die Heimat zurückbringen, dachte er schmunzelnd. Diese Gedanken behielt er für sich.

Verschmitzt schaute Bel Anatole durch sein einziges Auge zu Glückstein hoch. „Arriverderci „UGO", sagte er mit seinem unverwechselbaren italienischen Akzent. Glückstein wurde melancholisch. Seine Traurigkeit wurde jedoch durch den Schlachtruf der umgrenzenden Pflastersteine übertönt den nur Glückstein vernehmen konnte: „Rattatata Bumratubba" „Rattatata Bumratubba"!

„Ach noch etwas", schrie Bel Anatole aus der Menge: „Du hast noch einen Wunsch frei, der mir gehört und den ich einst vom Pflastersteinheiligen gewährt bekam und den ich Dir gerne weitergebe, bei mir gut".

„Das ist sehr nett von Dir, aber ich denke, ich werde ihn nicht brauchen („das fehlte noch, dass wir uns eines Tages wiedersehen müssen" sinnierte er), „Danke Dir und lebe wohl". Dann fuhr er los. Mit Tränen in den Augen schaute er verstohlen in den Rückspiegel und bemerkte, wie Bel Anatole unter der Masse der anderen Pflastersteine unterging.

Piedrina traute kurze Zeit später ihren Augen nicht, als sie plötzlich Bel Anatole zwei Steine weiter erblickte. „Hier bin ich", rief sie. Bel Anatole schrie aus steinernen Leibeskräften zurück „Und hier bin ich"! Fünf Wochen später, nach harter nächtlicher Arbeit hatten beide es geschafft, wieder nebeneinander zu liegen. Sie würden sich nun tagelang, monatelang und sogar Jahrhunderte, für die Ewigkeit immer glücklich anschauen.

„Wie nett, mir einen Wunsch zu schenken", dachte Glückstein wieder auf der Rückfahrt. Dabei war er sich sicher und hoffte auch, dass er und Bel

Anatole sich nie mehr wiedersehen würden.

Seine Kinder konnten mit seinen sentimentalen Anwandlungen nichts anfangen und konzentrierten sich weiter auf ihre Smartphones. Die wunderschöne Landschaft interessierte sie nicht wirklich und sie beschäftigte eher die Frage, wann und wo es endlich wieder was zu essen gäbe.

Dass Papa, als er den Pflasterstein vergrub und dazu auch noch eine Träne vergoss, wie peinlich! „Das können wir zuhause angekommen unseren Freunden nicht erzählen! Nee, dann können wir sicher sein, für immer ausgelacht zu werden" tuschelten sie. Während der ganzen Fahrt beschäftigten sie sich nur noch mit ihren IPhones und IPads so dass es auch Glückstein fast zu viel wurde. „Könnt Ihr nicht mal die Nase von dem Ding abwenden und euch die Landschaft anschauen"? fuhr er sie an. Doch von den beiden, die hochkonzentriert auf ihre Displays schauten, kam keine Reaktion.

Nach ein paar Tagen, die sie alle zusammen in Lucca und Pisa, wo sie in einem schönen Hotel abgestiegen waren, verbracht hatten, gabelten sie eine gutgelaunte Emma am nächstgelegenen Privatflughafen auf, wo Lionel, ein Freund, der ein eigenes Flugzeug besaß, sie nach Italien flog. In der faszinierenden Toskana machten sich noch ein paar schöne Tage und fuhren dann zum eleganten Badeort namens „Viareggio". Dort, an der „Rue de la Trapp", die sie so belustigt nannten, weil die elegant gekleideten Italiener, jung und alt, hübsch, attraktiv, abends die Promenade auf- und ab marschierten, pflegten sie abends das bunte Treiben nebst Modenschau der stolzen Italienerinnen auf der Terrasse eines Cafés zu beobachten. Trapp trapp, trapp trapp...

Trotz des schönen Wetters, der vorzüglichen Speisen und der entspannten Atmosphäre, schien Emma die ganze Zeit etwas ungehalten. Ihre giftigen Kommentare, die sie ab und an ungebeten absonderte, verwirrten Glückstein. So kannte er sie nicht. Ununterbrochen zog sie ein langes Gesicht und war recht einsilbig. Auf der Rückreise wurde sie immer schweigsamer und verschwand an jeder Raststätte und Tankstelle, wo gehalten wurde, mit ihrem Handy auf der Toilette. Ihr Telefon war eine reine Flüstertüte.

„Ab übermorgen geht es wieder ins Büro", sagte Hugo Glückstein gutgelaunt, nachdem sie die lange Rückreise hinter sich gebracht hatten, „dann sind die Ferien zu Ende"! Von der anstrengenden Fahrt erschöpft, schielte er flüchtig auf seine Frau. Diese schwieg. „Sie ist in der letzten Zeit wirklich seltsam", überlegte er. „Hast Du etwas Liebling", fragte er, „bedrückt Dich etwas?" Emma zuckte zusammen und antwortete schnippisch: „Ach nein, das bildest Du Dir ein."

Als er in die Einfahrt der Sackgasse, in der sie wohnten, einbog, entdeckte er einen Krankenwagen, der direkt vor seiner Türe geparkt hatte. „Nanu, was stehen die denn hier herum"? fragte er laut. Niemand sagte etwas, die Luft wurde zum Schneiden dick. Glückstein sprang aus dem Auto und ging mit großen Schritten auf den Krankenwagen zu, um den Fahrer zu bitten, die Einfahrt freizumachen, damit er parken könne. Oder wenigstens zur Seite zu fahren, damit er das Wohnmobil erst einmal dort stehen lassen könnte. Anstatt seiner Bitte Folge zu leisten, stiegen zwei junge Männer in weißen Kitteln, ohne eine Mine zu verziehen, aus und überwältigten den überraschten Glückstein mit einem geübten Griff. Gleichzeitig zogen sie ihm eine weiße Jacke mit langen Bändern über, die hinterrücks so geschnürt wurde, so dass dieser sich nicht mehr bewegen konnte.

„Was soll das, schrie Glückstein? „Emma ruf sofort die Polizei! Kinder ruft die Polizei!" rief er seiner Familie zu. Doch seine diese schaute ihn schweigsam und traurig an. Sie bewegten sich keinen Zentimeter, still beobachtend, wie Glückstein vollkommen bewegungsunfähig in den Krankenwagen gehievt wurde. Er konnte schreien und toben, es nützte nichts und die Nachbarn, von dem Getöse neugierig geworden, spinksten hinter ihren Gardinen auf das Spektakel. Keiner griff ein.

Mit dem armen Glückstein im Schlepptau fuhren sie geradewegs nach Düren, wo sich eine psychiatrische Klinik befand. Dort angekommen sperrten sie ihn sofort in eine Art Gummizelle ein. Dabei drohten sie ihm er käme nur wieder heraus, wenn er sich beruhigen würde. Glückstein, der ein intelligenter Mann war, wusste, dass es jetzt besser sei, sich ruhig zu verhalten und abzuwarten. „Was soll das, was habe ich nur verbrochen"? dachte er fieberhaft nach.

Zuhause parkte Emma schweigsam das Wohnmobil, nachdem der Krankenwagen mit lautem Getöse

davonfuhr, seelenruhig in die große, eigens dafür vorgesehene Garage. Die Stimmung bei den Kindern war bedrückt Sie hatte ihnen bereits im Vorfeld erklärt, dass ihr Papa besser für eine Weile in eine Art Sanatorium untergebracht werden würde. Er hätte doch, wie sie selbst mitbekommen hätten, Wahnvorstellungen. Das konnten auch seine Kinder bestätigen und nickten wortlos. Schweigend nahmen sie
später das Abendessen zu sich.

„Können wir Papa bald besuchen?". „Später Kinder, wir packen erst einmal alles aus, den Spaten stellt ihr in den Geräteschuppen und alles Weitere wird sich finden", antwortete sie mittlerweile auch etwas bedrückt. Nach getaner Arbeit begab sich jeder auf sein Zimmer und sie gingen durch das traumatisierende Ereignis Revue passierend, bedrückt, zu Bett.

Außer Emma, die sich mit ihrem Handy in das verwaiste Schlafzimmer zurückzog und noch stundenlang telefonierte. Verwundert mussten die Kinder feststellen, dass sie offensichtlich hinter der geschlossenen Türe mit jemandem telefonierte, der sie, trotz der familiären Tragödie, noch zum Lachen brachte.

Glückstein, der sich derweil mittlerweile, durch die Beruhigungsspritze, die ihm verabreicht wurde, etwas apathisch war, aß schweigend das karge Abendmahl. Eine kleine dralle Krankenschwester kam herein, um ihm seine Ration Tabletten für die Nacht dazulassen. „Brauchen Sie noch etwas anderes", fragte sie, „Abführmittel oder Schlafmittel zum Beispiel"? Er verneinte und nahm die ihm gereichten Tabletten, die ihm zusätzlich verordnet wurden. Ohne eine Mine zu verziehen tat er so, als würde er sie herunterschlucken. Die bitter schmeckenden Tabletten spuckte er, nachdem die Krankenschwester die Türe hinter sich geschlossen hatte, angeekelt in die Toilettenschüssel aus.

Fast die ganze Nacht verbrachte er damit, fieberhaft nachzudenken, was er hier wohl zu suchen hätte und welches Fehlverhalten ihn hierher gebracht hätte, kam aber auf keine brauchbare Lösung. „Es ist sicher ein Missverständnis, das sich morgen oder die nächsten Tage sicher aufklären wird", überlegte er fast die halbe Nacht, bis die Glocke der Anstaltskapelle um fünf Uhr zum ersten Mal am morgen läutete. Nachdem er die Glockenschläge gezählt hatte, schlief er erschöpft ein.

Und als eine Woche ins Land ging und sich nichts ereignete, was nach Entlassung aussah, fing Glückstein an zu zweifeln. Immer wieder musste er in die sogenannten Therapiestunden. Ständig wurde er immer wieder so seltsame Dinge wie über paranormale Erscheinungen ausgefragt, wie er zur Esoterik stehen würde. Hä? Esoterik? Was soll der Blödsinn!? „Glauben Sie an außergewöhnliche Phänomene?" „NEEEINN ! Bald platzte ihm der Kragen! Glauben Sie, dass Bäume reden können? NEIN!!! Und Pflastersteine??? Pflastersteine??? Da fiel bei Glückstein endlich der sogenannte „Groschen"! „Ach das war es!" Fast brach er zusammen und wurde leichenblass. „Das ist es"! Ihm wurde warm...

Emma, das kleine Luder und die Stiefmutter seiner Kinder, steckte also hinter seinem Dilemma! Ihr hatte er wohl zu verdanken, dass er hier gelandet war.

Egal was er auch veranstaltete und Fragen, die er den Ärzten und Psychologen beantwortete, die jeden anderen Patienten hätten direkt nach Hause gehen lassen, saß und blieb er tagelang in dieser Klinik, durfte nicht telefonieren und bekam es langsam mit der Angst zu tun. Was würden seine Freunde, Nachbarn und besonders seine Mitarbeiter von ihm denken? Und seine Kinder? Ihm wurde mulmig bei dem Gedanken, dass er vielleicht nie mehr wieder mit seiner Entlassung rechnen könnte. Er sah sich für den Rest seines Lebens hier eingesperrt und stellte sich vor, wie er im Laufe der Jahre verblöden und wirklich wahnsinnig werden würde.

Zuhause indes gewöhnte sich seine Familie an seine Abwesenheit. Emma, die sich selbst mittlerweile zur Geschäftsführerin des Familienunternehmens ernannt hatte, führte das Tagesgeschäft weiter und die Kinder, die sich schämten, ihren Vater in der „Klapse" zu wissen, vertuschten die Wahrheit indem sie sagten, er sei von der Klinik aus direkt für ein halbes Jahr nach Amerika, in die Filiale des Unternehmens. Niemand vermisste Hugo Glückstein zu Hause, weil sich jeder nur mit sich und seinen persönlichen Dingen befasste. Die Kinder waren mit ihren Klausuren etc. beschäftigt und hofften insgeheim, dass sich eines Tages zur gewohnten Zeit die Haustüre öffnen würde und alles wieder zur gewohnten Ordnung übergehen würde.

„Hätte ich doch diesen vermaledeiten Pflasterstein in Italien nie ausgegraben", dachte er! „Hätte ich doch keine Grippe

bekommen mit den damit verbundenen Halluzinationen!"
Hätte, hätte, Fahrradkette...

Glückstein verzweifelte und dachte immer mehr an Bel Anatole, der nun in seiner Heimat sicher seine Abenteuer immer wieder zum Besten gab und stolz erzählen konnte, wie er Glückstein hatte dazu überreden können, ihn sogar wieder nach Italien zu fahren. Pflastersteine kommunizieren nur nachts und die umliegenden Pflastersteine der Via Appia konnten Bel Anatoles Abenteuer bald singen und nicht mehr hören.

Glückstein dachte immer mehr an Bel Anatole, den er gleichzeitig wütend verfluchte, wenn er nur daran dachte, was ihm diese Geschichte hier eingebrockt hatte.

In fernem Italien spürte Bel Anatole, dass Glückstein an ihn dachte und es ihm nicht gut ging. Immer stärker empfing der telepathisch die Gedanken von Glückstein und empfand sie körperlich wie Hilferufe. Bel Anatole erinnerte sich an den dritten Wunsch, dessen Erfüllung er nicht benötigt hatte. Und eines Nachts träumte er sogar von Medusas Tochter „Georgina", die auf Glückstein zeigte. Er konnte sehen, wie er in einer Klinik, eine weiße

Jacke umgebunden, nervös auf und abging. Dabei spürte er, dass der Aufenthalt und der seltsame Anzug, den er anhatte, etwas mit ihm und der Rückreise in seine Heimat zu tun haben musste.

Mittlerweile wurde in den nächsten Nächten Glücksteins Situation unter den anderen Pflastersteinen der Via Appia flüsternd besprochen und es gab kaum noch ein anderes Thema unter ihnen. Ratlosigkeit machte sich unter den Steinen breit. „Stellt euch vor, er hat mich den langen Weg hierher zurückgebracht und seine Frau hat ihn einbuchten lassen"! „Es hatte ihm auch niemand eine Knarre an den Kopf gehalten, Dich mitzunehmen", wandte ein Anderer ärgerlich ein. „Trotzdem wird er jetzt für seine gute Geste bestraft". Bel Anatole dachte fieberhaft nach, wie er Glückstein aus der misslichen Lage würde befreien können.

Tage später eines Morgens, bevor die Sonne gerade über die Hügel aufging, schrie Bel Anatole: „Rattatata Bumratubba! Ich habs"! Von dem Aufschrei aufgeweckt, rissen die noch verschlafenen Pflasterstein-Nachbarn erschrocken die Augen auf und waren flugs wach.
Es fand die folgenden Nächte eine Flüsterbesprechung nach der Anderen

statt und es hörte sich für die auf der Straße gehenden Menschen wie das Rauschen des Windes an. Es purzelten Sesterzen auf den Boden, die niemand von ihnen beachtete, die Gemüsefrau sang ein italienisches Lied, das keiner von ihnen hörte. Die Pflastersteine der Via Appia waren sich eines Tages zum ersten Mal alle einig und Passanten spürten nun sogar tagsüber unter ihren Füßen ihr lauter werdendes Gemurmel, das sich immer mehr einem Donnergrollen ähnelte.

Als am nächsten Morgen auf der Via Apia die ersten Landauer in Form eines Konvois zu einer Beerdigung stadtauswärts fuhren, herrschte unter den Kutschern und den Insassen blankes Entsetzen! Dort wo einst die Pflastersteine gelegen hatten, lagen, klafften nur die Spuren der Erde in viereckiger Form. Alle Steine waren weg! Einfach verschwunden.

Sogar Piedrina, die sehr heimatverbunden nicht vom Fleck zu denken war, hatte sich den anderen Pflastersteinen angeschlossen, um diesen Menschen, den sie nicht kannte und der auch noch der Verursacher ihres eigenen Liebeskummers gewesen war und zudem auch noch „Glückstein" hieß, zu befreien. Außerdem wollte sie es nicht noch einmal riskieren, Bel

Anatole auf der langen Reise, die vor ihnen lag, zu verlieren. Wer weiß, wie viele hübsche andere Pflastereine ihm noch begegnen könnten und er sie somit eventuell doch noch vergessen würde oder schlimmstenfalls nie mehr zur Via Appia zurückzukehren würde. Da Piedrina ein kleines Früchtchen war, versteckte sie sich hinter den anderen Pflastersteinen, so dass Bel Anatole in seinem Eifer nichts von ihrer Anwesenheit mitbekam.

In den Nachrichten der Radiostationen wurde europaweit von einem breiten Erdbeben aus Steinen berichtet, das sich seitwärts rollend Richtung Norditalien bewegte. Ein einzigartiges Phänomen. Nichts konnte die Pflastersteine aufhalten und immer ertönte ihr Schlachtruf:

Ratatata Bumratubba, Ratatata Bumratubba...

Diese Art Steinlawine durchkreuzte Frankreich, nachdem sie Italien verlassen hatte, Richtung Schweiz und die Menschen standen ratlos und wartend stundenlang an den Straßen, um diese mysteriöse Erscheinung zu beobachten. Manche bekreuzigten sich voller Angst, andere beteten laut und einige von ihnen kündigten sogar das Ende der Welt an. Fast jeder hatte etwas über dieses Ereignis einen Kommentar abzugeben sowie genug Gelegenheit zum Nachdenken und Mutmaßungen anzustellen. Und viele nahmen durch dieses Ereignis auch die Gelegenheit wahr, sich wieder mit anderen Leuten unverbindlich zu unterhalten.

Immer wieder den Schlachtruf ausrufend, näherten sich die Steine ihrem Ziel.

Und dann, 21 Tage später, kamen sie alle endlich in Düren an, nachdem sie vor der belgischen Grenze in einem Ort namens Raeren einen halben Tag Pause gemacht hatten. Sie mussten sich deswegen bereits schon nach einem halben Tag Rast wieder schleunigst auf den Weg machen, weil sich die Raerener Bewohner über den unerwarteten „Steinsegen" freuten und bereits der ortsansässige Straßenbrau-Trupp überlegte, wo sie die von der Sonne verblassten Steine einsetzen könnten. Und so stolperten sie ohne weitere Pause weiter bis zu dem Ort, wo sie und Bel Anatole Glücksteins Aufenthalt vermuteten und der sich, wie oben erwähnt, „Düren" nannte.

Zunächst blieben sie völlig erschöpft erst einfach auf einer Wiese liegen. Vorher stapelten sie sich jedoch noch so, dass es nach einer Baustelle aussah. Die Gemüter beruhigten sich auch in Italien auf der Via Appia, indem man sich mit dem trockenen Boden ohne Pflastersteine zufrieden gab. Erst einmal...

Die Anwohner der Via Appia behaupteten, die Steine seien gestohlen worden, andere meinten sie seien weggeschwemmt und andere vermuteten in diesem Phänomen einen religiösen Hintergrund. Theoretiker beschlossen nach Rom zu pilgern, um den Papst nach seiner Meinung zu befragen. Es gab sogar Gerüchte über die Entführung der Steine durch Außerirdische.

Indessen „schmorte" Glückstein in der Klinik in einer der zahllosen Abteilungen, die sich ironischer Weise „Insel der Glückseligkeit" nannte. Emma, seine angeblich bessere Hälfte, besuchte Glückstein sehr unregelmäßig und meistens nur, wenn sie einige Unterschriften benötigte, um die Geschäfte ihres Mannes ordnungsgemäß weiterzuführen. Benommen von den vielen Medikamenten, die er ab und an dann doch schluckte, damit er diese Situation besser aushalten konnte, unterschrieb er brav alle Dokumente, die sie ihm erklärend unter die Nase hielt. Nach getaner Arbeit begab sich mit ihrer

Dokumentenmappe unter dem Arm mit zufriedener Mine Richtung Türe.

„Was denkst Du, wann ich hier herauskomme, Emmi?" fragte Glückstein sie zärtlich und benommen", nachdem sie an der Türe nach den Wächtern geklopft hatte, um herausgelassen zu werden. „Bald Liebling, bald, jedoch mit den Füßen nach vorne", dachte sie insgeheim. Glückstein lächelte bei dem Gedanken, bald wieder nach Hause zu den Seinen zu kommen und schaute, nachdem die Türe wieder hinter ihr abgeschlossen wurde, versonnen in den Klinikpark.

Vor der Klinik türmten sich unterdessen am folgenden Abend völlig unbemerkt tausende von Pflastersteinen unter seinem Fenster. Sie fühlten sich wie Soldaten mit einer wichtigen Mission beauftragt und benahmen sich hierarchisch vorbildlich. Bo Anatole war ihr Anführer. Sie stellten sich so auf, dass es fast bis zu dem Fenster, hinter dem Glückstein sein Dasein fristete, wie eine Treppe aussah, auf der jeder hätte bequem herunter schreiten können.

Gegen Mitternacht war der Aufbau der Leiter beendet und Bel Anatole schwang sich, auf seine Kumpels tretend, nach oben, um in das Fenster hinter der er Glückstein vermutete, hineinzuschauen. Was er sah, erschrak ihn dermaßen, dass er fast wieder bis unten herunter gepurzelt wäre. Glückstein lag auf dem Rücken und schnarchte laut. Er trug ein weißes Hemd, das sich regelmäßig auf seinem Atem abgestimmt, auf und ab bewegte. Auf seinem Nachtisch lagen Tabletten in einer Schale und ein Glas Wasser stand daneben. Ansonsten war alles karg. An der Wand hing ein großer Bilderrahmen in schwarzweiß mit dem Konterfei des Klinikgründers.

„He, aufwachen"! Bel Anatole polterte mit seinen Plastersteinhändchen gegen das Fenster. „Hä!?" Glückstein erwachte und schaute zum Fenster heraus. Was er sah, erschrak ihn fürchterlich. „Verschwinde!" schrie er hysterisch. „Warum glaubst Du, dass ich hier gelandet bin?" Er fing an zu weinen, „Deinetwegen! Du blöder, italienischer Pflasterstein!" Wenn ich meinem Therapeuten erzähle, dass ich dich wieder sehen kann, komme ich hier nie wieder heraus! Er schluchzte so laut, dass Bel Anatole erschrak.

Ihn nicht nur so verzweifelt zu sehen, ließ ihn mit offenem Mund erstarren. Sogar seine Bekleidung war eine ganz andere als die, die er von ihm gewohnt war. Sogar anders, als er ihn an seinem

49

Bett besucht hatte, wo er krank da niederlag.

Bel Anatole ignorierte die diskriminierende Beleidigung geflissentlich. In dieser Situation, die Glückstein ihm zu verdanken hatte, konnte Bel Anatole sich leisten, gefühlsmäßig großzügig zu sein. „Warum musstest Du mich auch damals ausgraben und mitnehmen, hä?!" Bel Anatole`s Unterton klang ärgerlich. „Hey Ruhe, macht voran da oben! Ich glaube Ihr spinnt wohl, euch hier jetzt zu zanken", schrie einer der uralten Steine von unten.

Augenblicklich beruhigten sie sich beide und Bel Anatole flüsterte Glückstein zu: „Ich schlage jetzt das Fenster ein, Du kletterst hier diese von uns gebaute Treppe herunter und raus bis Du!" Glückstein, leicht benommen, wusste nicht wie ihm geschah und schlüpfte, ohne lange nachzudenken, flugs in seine Pantoffel um nur mit seinem Nachthemd bekleidet, besagte Treppe herunter zu klettern und weg war er!

In der Zwischenzeit polterten die verbliebenen Pflastersteine ungeduldig. Als Glückstein dann endlich in seinem weißen Nachthemd über den Fenstersims kletterte, konnte er wahrnehmen, dass die übrigen

Pflastersteine eine Art Sitz gebaut hatten. „Aha" dachte er, „so werde ich wohl wegtransportiert. Immer noch besser als den Psychologen erklären zu müssen, was mir hier schon wieder widerfahren ist". Als er unten ankam, schrien alle durcheinander. Das hörte sich an wie Donnergrollen. „Ruhe", schrie Bel Anatole dazwischen und alle Geräusche verstummten jäh. Glückstein schien sichtlich beeindruckt zu sein und hatte es sich zwischenzeitlich in dem Sessel, der eher einem Thron glich, im Rahmen seiner Möglichkeiten bequem gemacht. Bel Anatole ließ sich von den anderen Pflastersteinen in Windeseile auch für sich einen kleineren Thron bauen und los ging es! Von dort aus hörte man die Kommandos, die er seinen Kumpanen auf Pflastersteinisch erteilte. Auf seinen kurzen Beinchen aus Kordeln lag eine Landkarte.

Mit dem Gewicht von Glückstein beschwert, machten sie sich langsam auf den Weg Richtung Süden. Glückstein schloss die Augen und redete sich ein, er wäre wieder krank und würde wieder, wie bereits Wochen zuvor, halluzinieren. Das beruhigte seine chaotischen Gedanken etwas und er verfiel wieder in ein weiteres Nickerchen.

Die Pflastersteine rollten querfeldein, entlang an Autobahnen, Landstraßen und mieden geschlossene Orte. Auf ihrem Weg hinterließen sie Spuren, die aussahen, als seien 2 Bulldozer über die Wiesen und Felder gerollt.

Glückstein rutschte nach Stunden nervös hin- und her. „Ich muss mal Jungs, Blase voll", brummte er Anatole zu, „können wir bitte eine Pause machen?" „BRRRR", schrie Bel Anatole und augenblicklich stoppte der gesamte Konvoi. Einige hörte man verärgert grummeln. Nachdem dieser sich an einem Gebüsch erleichtert hatte, aus dem in Eile ein Hase mit nassem Rücken quietschend im Zickzack das Weite suchte, kletterte er kopfschüttelnd wieder auf seinen Thron und die Fahrt ging weiter. Er vermied es, Bel Anatole den Zustand seines lädierten Popos kundzutun. Der tat ihm nämlich mittlerweile durch den harten Sitz und das Geholpere ordentlich weh.

Nach einer durchrollten Nacht kamen sie an einem schönen Örtchen namens „Bollendorf" an. Sie rollten durch den neu angelegten öffentlichen Ziergarten, der an dem Flüsschen, der sich „Sauer" nannte, entlang.

Plötzlich schrie Glückstein, dem der Geruch von Gebratenem in die Nase stieg. „Halt! ich brauche jetzt direkt dringend etwas zu essen und zu trinken". Wieder schimpften einige der Pflastersteine wild durcheinander. „Wenn der überall immer sofort seine körperlichen Bedürfnisse befriedigen muss, sind wir in 3 Jahren noch nicht zurück in unserem geliebten Heimatort der Via Appia, zurück", grummelten sie wild durcheinander.

„Das ist Hunger", erklärte Bel Anatole ihnen mit den Augen rollend. „Körper aus Fleisch und Blut benötigen ständig Brennstoff und müssen dann wieder, wenn der verarbeitet ist, ausgeschieden werden". „Jaja, wissen wir, hatten wir auch früher, maulten sie. Lästig genug, das Ganze". Dabei dachten sie an die Markttage in Italien, wo karrenweise Lebensmittel über ihren Köpfen in die Stadt gerollt wurden.

Da sich ihr Kommen bereits im Radio angekündigt hatte, kam ihnen Jerry, der Besitzer der Imbissstube des Ortes, mit ausgebreiteten Armen entgegen. „Was hätten Sie gerne, Pommes Frittes mit Mayo, Currywurst mit viel Sauce, eine Cola hinterher?" Glücksteins Augen leuchteten: „Jaja, von allem etwas bitte". Die übrigen Pflastersteine rollten die Augen nach oben. Herrjeh, was für ein Nimmersatt.

Zeitungsreporter kamen aus Trier und der ganzen Umgebung und auch TV-Sender bauten ihre Kameras vor Jerrys Restaurant auf, um über diesen seltenen Konvoi abends in den Nachrichten zu berichten. Dabei wurde er beim Frittieren, Würstchenschneiden gefilmt und strahlte dabei in die Kamera. Insgeheim wusste er, dass er keine bessere Publicity haben konnte. Er lächelte und zeigte sich von seiner besten Seite. Auch seine hübsche, blonde Lebensgefährtin Kasha war hinzugekommen und bereitete freundlich lächelnd die Teller vor.

Und so konnte man, nachdem die Reportage in den Fernsehsendern in Luxemburg und Deutschland am gleichen Tag ausgestrahlt wurden, am nächsten Tag in allen Zeitungen lesen: „Die rollenden Steine kugelten auch durch unser malerisches Bollendorf". „Jerry und Kasha hießen den aus Düren entflohenen Gast willkommen!" Man sah unter anderem, wie Glückstein sich, beide Backen zum Bersten gefüllt, kauend, mit Sauce bekleckert, die Gabel bereits wieder zum Munde führte.

Ein Foto vom lachenden Jerry und der lächelnden Kasha füllten die ersten Seiten. Es war eh tote Zeit wegen mangelnden, interessanten Ereignissen in der Region und da waren die

Redaktionen für diese außergewöhnliche, wenn auch unerklärliche Sensation dankbar.

Tage und noch Wochen später kamen volle Busse mit Ausflüglern und wollten sehen, wo die Pflastersteine, mit Glückstein auf seinem aus Pflastersteinen zusammengesetzten Thron sitzend, durch Bollendorf durchgerollt waren. Wo Glückstein bei Jerry gegessen und sie ihre anschließend Reise fortgesetzt hatten. Die Reisebüros hatten schnell geschaltet und Fahrten in die schöne Südeifel mit einem Besuch in den Luftkurort Bollendorf koordiniert.

Noch Wochen später musste Jerry mit Kasha im Schlepptau immer wieder die Geschichte der Pflastersteine erzählen, die auch Glückstein auf seinem Thron aus Pflastersteinen sitzend, berühmt gemacht hatten.

Indessen bekamen die Ärzte in Düren einen großen Schreck, als sie am nächsten morgen nach Glücksteins Flucht feststellen mussten, dass sich ihr Privatpatient auf mysteriöse Art selbst entlassen hatte. Fieberhaft suchten sie im ganzen Haus nach ihm und mussten schließlich Frau Glückstein über den Ausbruch ihres Mannes informieren. Diese erschrak fürchterlich. Sie saß gerade bei einem

Gläschen Sekt und frühstückte bei ihrem Nachbarn. Das Handy hatte sie mitgenommen. „Was würden nur die Kinder davon halten?" dachte sie fieberhaft. Erschrocken sprang sie auf und verließ den enttäuschten Nachbarn. „Wir schwimmen ein anderes Mal in deinem Pool Edouard, es gibt ein Problem mit Hugo", sagte sie, bevor sie die Türe zuknallte und eiligst verschwand.

Währenddessen ging für Bel Anatole, Glückstein und seine steinernen Freunde die Reise weiter und führte sie nun durch Luxemburg. Glücklicherweise! Denn mittlerweile an der Grenze angekommen, hielten die Ärzte an dem Flüsschen „Sauer" an, die Deutschland von Luxemburg trennt. Sie hatten von dem Pflastersteinkonvoi Wind bekommen und sich flott auf den Weg gemacht. In ihren wehenden weißen Kitteln starrten sie ihnen verzweifelt hinterher. Hier endeten ihre Kompetenzen und die Möglichkeit, ihn wieder in die Anstalt zurückzubringen.

Zum Glück!
Sonst hätten sie unverrichtete Dinge Glückstein wieder in die Klinik zurückgebracht! Da die Pflastersteine mit Glückstein jedoch durch Luxemburg weiterreisten, hatte sie keinen Zugriff mehr auf ihn. Bis sie die

schriftliche Erlaubnis hierzu bekommen hätten, wären Tage vergangen. Es war vorbei und Glückstein gerettet! Was Glückstein nicht wusste, war, dass wenn seine liebende Ehefrau ihm seinen Lieblingssaft mitbrachte, sie stets kleine Mengen einer Droge mitmischte, die ihn mit der Zeit hätte völlig „Gaga" werden lassen und er ein Gehirn mit einer Erinnerung ähnlich einem Sack Muscheln bekommen hätte.

Sie überquerten das malerische, grüne Luxemburg und kamen nach einigen Kilometern bereits an die französische Grenze. Als Glückstein später das Ortschild „Dijon" las, schrie er wieder „bitte anhalten!" Die Pflastersteine drehten wieder völlig genervt die Augen. „Was ist denn jetzt schon wieder?" fragte ihn Bel Anatole. „Dijon, Leute, die Stadt des Senfs" „na und?" fragte er weiter. „Ich brauche jetzt ein Würstchen...". Also wurde angehalten, Würstchen gekauft, zwei Tuben Senf dazu und weiter ging die Reise, während sich Glückstein jetzt wieder durch den hügeligen Boden durchgeschüttelt, bekleckerte. Zu dem Tomatenketchup aus Harrys Imbiss Restaurant, gesellte sich jetzt ein großer Senffleck. „Wie der wohl aussieht, wenn wir ans Ziel kommen?", raunten die Steine grinsend durcheinander.

Sie tuschelten die ganze Zeit und Bel
Anatole, der die Fahrtrichtung
bestimmte, flüsterte ebenso. Glückstein
verstand nichts. Es war ihm auch egal,
Hauptsache er kam von dieser Klinik
weg, wo ihm ständig eingebleut wurde,
er sei verrückt. Insgeheim war er sich
nicht sicher, ob seine Synapsen nicht
wirklich durcheinandergeraten waren.

Wenn er, von der Grippe genesen, die
Ereignisse der letzten Tage mit Bel
Anatole, den rollenden Pflasterseinen,
dem Thron auf dem er saß und die dazu
ganze Geschichte Revue passieren ließ,
so schien für ihn mental wirklich nicht
mehr alles ganz richtig zu laufen. „Mal
sehen, wo die Reise hingeht", überlegte
er weiter. „Schlimmer hätte es eh nicht
kommen können." „Vielleicht werde ich
morgen früh wach und die ganze
Geschichte war ein böser Alptraum",
tröstete er sich. Der Anblick auf ein
hinter einer hohen Mauer verstecktes
Lustschlösschen lenkte ihn von seinen
wirren Gedanken ab.

Selbstverständlich machte er sich in
„Montelimar", der Stadt des
französischen Nougats erfreut und
fordernd bemerkbar. Mit einer Tüte der
süßen Köstlichkeiten, die ihm die
Einheimischen am Wegesrand in die
Hände drückten, ging es ungebremst
weiter. Da Hugo Glückstein's Bauch

sich schon durch die vertilgten Würstchen mit Senf aus Dijon bedrohlich wölbte, hob er sich den Nougat für später auf. Mit der Tüte in der Hand schlief er lächelnd und laut schnarchend wieder ein. Glücklicherweise war das Rollen der Steine lauter, so dass man sein Sägen überhörte.

Und dann kam die Rhône!
Wer die Rhône kennt, weiß, was Glückstein blühte. Ich sage nur: Weinanbaugebiete ohne Ende!

Glückstein, der nach seinem Nickerchen erfrischt wieder erwachte, erblickte vom Ausblick überwältigt, während er sich streckte und reckte die vielen Weinberge und seine Augen leuchteten. „Herrje lasst uns hier anhalten", schrie er.
Die Pflastersteine waren mittlerweile nervlich ein wenig am Ende! Glückstein machte wenn sie an einem Weingut vorbeikamen solch ein Theater auf seinem Sitz, dass sie seinen Wunsch nach einigen Verkostungen bei den Weinbauern nicht abschlagen konnten. Es wurden mehrere Keller angefahren und jedes Mal einige Flaschen mitgenommen. Aus dem letzten Keller stieg Glückstein angeheitert mit Mühe die Treppen hinauf und glücklicherweise war der Gang zur

Straße recht schmal, so dass sein hin- und her wanken nicht besonders auffiel.

Da sich dort auch die Presse einfand, wo sein Kommen angekündigt wurde, beschenkten die Menschen, die die Route der reisenden Pflastersteine säumten, Glückstein reichlich mit ihren eigenen Produkten der hiesigen Landwirtschaft. Auch trank er die ihm hingehaltenen Weingläser alle brav aus und verschüttete, wenn er zu arg hin- und her geschüttelt wurde, das köstliche Nass über sein Hemd, welches mittlerweile alle Farben aufwies. Die Canapées, die ihm dazu serviert wurden, ließen ihn vor Glück strahlen und verhinderten, dass er völlig betrunken von seinem Thron rutschte. „Mein geliebtes Frankreich", lallte er immer wieder, „Gott muss ein Franzose gewesen sein." Dabei breitete er die Arme aus, um seine Liebe zu der herrlichen Gegend zu bestätigen. Trotz aller Pausen ging die Reise, mit an der Seite des Throns sortierten Flaschen, unverzüglich weiter Richtung Süden.

Selig stimmte Glückstein in schlechtem Französisch ein Trinklied ein und einige Pflastersteine verdrehten die Augen. „Was hast Du, Bel Anatole, uns bloß eingebrockt", flüsterten sie ihm zu. Bel Anatole überhörte ihre überflüssigen Bemerkungen und konzentrierte sich auf die Route und darauf, dass es in die richtige Richtung ging.

Mittlerweile färbten sich die Steine rot. Nicht wegen des Sonnenbrands, auch nicht wegen der streckenweise roten Erde. Nein vor Anstrengung! Glückstein wurde ihrer Meinung nach nämlich immer schwerer und sie dankten dem lieben Gott auf Knien, als dieser wieder einmal schrie: „Bitte anhalten! Ich muss mal"! Hoffentlich wird er dadurch etwas leichter, flüsterten sie sich gegenseitig zu. Dabei kicherten sie verhohlen. Glückstein hüpfte indessen leichtfüßig Richtung Wald und verschwand hinter einem Gebüsch.

Erleichtert, strahlend und etwas ausgenüchtert, kletterte Glückstein in seinen Sitz, der mittlerweile mit einem weichen Kissen ausgestattet war. Das Kissen war ein Geschenk einer Frau, die sich wohl über seinen Allerwertesten und den harten Steinen Gedanken gemacht hatte. Es war aus cremefarbenem, derbem Stoff und mit Blumenmustern aus der Region bestickt. Weiter überquerten sie die malerische Gegend des malerischen „Lubéron" am Berg namens „Mont Ventoux" vorbei. Glückstein entdeckte überrascht auf der Bergspitze Schnee, obwohl im Tal die Lavendelfelder in ihrer typisch prächtigen Farbe leuchteten. Einige Radfahrer rasten auf der fernen Landstraße in Richtung des Bergs. In der Haute Provence roch es nach Thymian, Rosmarin und die Luft war wie Seide. So leicht, so lieblich murmelte Glückstein weinselig verschlafen. Eine Flasche hielt er im Arm schnarchend fest. Sein Allerwertester tat ihm durch das dicke Kissen nicht mehr so weh, von dem Gepolter und glücklicherweise war er als „Freund des gepflegten Tröpfchens", nach einigen Schlückchen aus der Flasche, wieder dermaßen betrunken, dass er nicht mehr viel von den Schmerzen mitbekam. Zusammengekauert lallte er in unverständlichen Ton weitere französische bekannte Lieder, die niemand verstand, weil er durch den Alkoholkonsum etwas nuschelte. „Nur weiter", sagten die Pflastersteine, „wir sind froh, wenn diese Reise mit ihm endlich ein Ende hat und wir ihn bald los sind."

Sein Schnarchen übertönte den lieblichen Gesang der Grillen. Die Sonne ging mittlerweile hinter den Hügeln unter.

Weiter ging es nun Richtung Nizza.

Natürlich bekam er wieder Hunger und hinter dem Ortseingang mit dem Schild

„Nice", wo verschiedene Fernsehanstalten auf den seltsamen Konvoi warteten, um ihre Abendnachrichten zu bestücken, hielt dieser vor einem Restaurant an, wo der Wirt Glückstein bereits freundlich einladend zum Eintreten herein winkte. Über der Türe las man in großen Lettern „Oubliez tout soucis", was „Vergessen Sie alle Sorgen" bedeutet. Seine Ankunft wurde ihm bereits durch das arabische Telefon mitgeteilt. So nennt man die Methode der Mund-zu-Mund-Nachrichten, die sich wie ein Lauffeuer überregional verbreiten.

Eine „Salade Nicoise bitte" erbat sich Glückstein. Er genoss es langsam ständig im Mittelpunkt des Geschehens hofiert zu werden. „Sehr wohl mein Herr", antwortete der Wirt freundlich und lächelte dabei in eine Kamera, die am Restauranteingang postiert wurde. Draußen erholten sich die Pflastersteine von den Strapazen und dösten erschöpft in der roten Sonne Südfrankreichs. Diese ging langsam unter und die Pflastersteine nahmen nach und nach auch wieder ihre ursprüngliche graue Farbe an, während Glückstein sich in der Brasserie den Bauch, nicht nur mit oben genannten Salat vollschlug, sondern sich auch noch ein Entrecôte mit Ratatouille und Pommes Vapeur, (Salzkartoffeln) hinterher schob. Dabei

63

trank er eine Flasche roten „Hauswein"
aus der Region.

Vollkommen zufrieden, mit prall
gefülltem Bauch, wankte Glückstein,
unter dem Blitzlichtgewitter der
Fotographen des „Nicae Matina" zu
seinem wartenden Thron und weckte
die inzwischen fest schlafenden Steine.

„Hüh hüh, weiter geht's", rief er ihnen
von weitem zu. „Ihr, Visionen meines
Wahnsinns". Die Steine warfen sich
hilflos einige Blicke zu und ratterten mit
mürrischer Mine mit dem völlig
betrunkenen Glückstein Richtung
Strand.

Über diesen Strand ging das
Fortkommen etwas leichter. Hinter der
großen Kurve in Nizza ging es Richtung
Hafen und sie rumpelten weiter an den
Yachten entlang Richtung Monte Carlo.
Der Anblick war für Glückstein, der
sehr oft an diesem Ort entlang gefahren
war, immer wieder überwältigend und
er kämpfte, von der träumerischen
Landschaft gerührt, gegen Tränen in
den Augen.

Da es bereits dämmerte, schlief
Glückstein vom regelmäßigen Geräusch
eingelullt mit vollem Bauch ein.
Zwischendurch machte er
schlaftrunken ein „Bäuerchen" oder

schlimmeres. „Manieren hat er ja wirklich keine", flüsterten die Steine sich leise zu. „Da habt Ihr nicht mitbekommen, wie er beim Essen im Restaurant eben laut geschmatzt hatte", rief Bel Anatole dazwischen. Glückstein nahm in der Dunkelheit die Lichter an der Küste wahr, drehte sich herum und fiel endgültig schnarchend, bis zum nächsten Morgen, in einen tiefen Schlaf.

Das Kitzeln der Sonne auf seiner Nasenspitze weckte ihn und er wurde jäh aus dem Schlaf gerissen, als er alle Steine durcheinander „Hurrah" schreien hörte. Sie waren in Italien! Endlich fast Zuhause!
Glückstein verspeiste zu Mittag in San Remo eine große Portion Spagetti Carbonara mit dem obligatorischen halben Liter Landwein und genoss den letzten Anblick am Meer entlang, bevor die Reise ins Landesinnere fortgesetzt wurde.

„Riech mal", sagte Bel Anatole und hielt ihm eine kleine Phiole unter die Nase. Glückstein schnupperte artig und tief am Inhalt der Flasche. Erschrocken und schmerzverzehrt verdrehte er plötzlich die Augen, schrie mit Entsetzen: „Ist das Ammoniak"? gleichzeitig fiel er direkt in tiefe Ohnmacht.

„Schnell, es muss schnell gehen", rief Bel Anatole und es ging, nachdem man über einen Berg hinter Ventimiglia wieder das Meer erlangt hatte, auf ein großes Schiff, in welchem „Luigi" der Kapitän auf sie wartete. Der einzige Mensch auf der Welt der, außer Glückstein, die Sprache der Pflastersteine verstand.

Mit Hilfe der telepathischen Gedanken hatte Luigi rechtzeitig für alle das Schiff klargemacht, das mit allen Steinen, Glückstein, Bel Anatole und alle anderen im Schlepptau, sofort in See stach.

Glückstein bekam nicht wirklich mit, daß die Reise weiterging, und zwar viel weiter als nach Rom. Die ganze Nacht schipperten sie über das Mittelmeer. Und als er sich im Morgengrauen mit ordentlichen Kopfschmerzen reckte und streckte und langsam wach wurde, stellte er verwundert fest, dass das alles nicht mehr so italienisch aussah.

Mittlerweile hatten die Pflastersteine bereits das Schiff verlassen und waren ans Land gerollt. Glückstein saß wieder auf seinem Thron, der sich in üblichem Tempo fortbewegte und als sie an einem Ortseingang ankamen, stellte er verwundert fest, dass er nicht lesen konnte, wie der Ort hieß, weil der Name in kyrilischer Schrift geschrieben stand!

Indessen fing Glückstein an, sich über seine Zukunft Sorgen zu machen. Wo ging die Reise hin, in schmutzigem Nachthemd quer durch Europa? Welche Zukunft erwartet ihn? Wie sollte es weitergehen? Er würde nicht bis in alle Ewigkeit auf den rollenden Pflastersteinen sitzen können. Würde er seine Kinder, die ihn sicher vermissten, jemals wiedersehen? Was sollte aus ihnen ohne ihren Vater werden? Sicher, seine Frau würde seine Geschäfte weiterführen und dafür sorgen, dass es allen Zuhause an nichts mangelt. Er hatte immer schon ihre Geschäftstüchtigkeit bewundert und verglich sie gedanklich oft mit einem Piraten, wenn sie wieder einen fetten Auftrag an Land gezogen hatte. Dabei pflegte sie jedes Mal „Ha! Wieder gut geentert" auszurufen! Er seufzte beruhigt. Diese Sorgen brauchte Glückstein sich nicht zu machen. Aber er? Er würde nicht für immer so weiterleben können, auch wenn es das Abenteuer seines Lebens darstellte und er niemanden würde erzählen können, was ihm widerfahren war um nicht irgendwann wieder in einer Anstalt zu landen.

Er beschloss, seine Geschichte eines Tages als Märchen niederzuschreiben. „Manche Wahrheiten sollte man als Märchen verkaufen", dachte er. „Menschen wollen belogen werden, damit sie keine Angst vor der Realität bekommen." All' diese Gedanken beruhigten ihn und er entspannte sich zusehends.

Oft dachte auf der Reise Bel Respiro indessen an Piedrina. „Ob noch ein Plätzchen neben ihr frei wäre, wenn er für immer heimkehrte"? Er seufzte leise.

Piedrina!
Im Konvoi Bel Anatoles barg sich ein bittersüßes Geheimnis. Piedrina war heimlich mitgekommen und hatte die Strapazen der langen Reise auf sich genommen. Als sie einst auf der Via Appia eingebuddelt wurde, erblickte sie Bel Anatole und war gleich von ihm fasziniert. Er befand sich 3 Reihen von ihr entfernt. Sein damaliger monegassischer Akzent, den er auch später nie hatte ablegen können, jagten ihr, wenn er sich mit den anderen Pflastersteinen unterhielt, einen Schauer der Entzückung nach dem anderen über ihre 6 Flächen.

Es dauerte viele Jahre bis sie eines Tages Kraft ihrer Gedanken während Straßenarbeiten einen der Arbeiter

mental beeinflusste, sie neben Bel
Anatole einzubuddeln. Die ersten
Monate verharrte sie bewegungslos
neben ihm und schaute ihn
stundenlang verstohlen von der Seite
an. Vollkommen eingeschüchtert von
Bel Anatoles Charisma wagte sie sich
nur mit den umliegenden
Pflastersteinen zu unterhalten. Bel
Anatole achtete nicht auf seine
Nachbarin, die sich plötzlich aus dem
Nichts neben ihn hatte platzieren
lassen. Ihm fiel nur auf, dass Angelo,
Paolo, Giovanni und Guiseppe leise
tuschelten, wenn sie über Piedrina
sprachen. Manchmal pfiffen sie
bewundernd in ihre Richtung, wenn sie
kokett die Augen in ihre Richtung
aufschlug.

Piedrina überhörte diese
Respektlosigkeiten und auch mit einem
anderen Nachbarn zu Kopf namens
Cesare tauschte sie nur ab und an ein
Wort in dem Jargon ihrer
ursprünglichen Heimat auf Korsika. Sie
himmelte Bel Anatole weiterhin an,
obwohl andere, an sie interessierte
Pflastersteine um ihre Aufmerksamkeit
buhlten. Piedrina war wunderschön!
Wie aus Stein gemeißelt!

Im Laufe der Jahre wurde die hübsche
Piedrina unter den männlichen
Pflastersteinen zur Ikone gekürt. Diese

war sich ihres Standes unter den männlichen Nachbarn bewusst. Und eines Tages, an einem Trüben Herbstmorgen trafen sich endlich ihre Blicke! Und auch Bel Anatole verliebte sich endlich in sie! Wie euch bekannt ist, war Bel Anatole einst ein Soldat aus Monoicos und es dauerte lange, bis er sein Herz, das sich auch nach dem Blick auf Medusas Tochter in Stein verwandelte, sich bei Piedrinas Anblick erweichte und leicht zu schlagen begann.

Piedrinas und Bel Anatoles Herzen schlugen nun für immer im Takt bis zu jenem unglücksseligen Tag, als ein Tourist namens Hugo Glückstein sich erdreistete, Bel Anatole ungefragt auszugraben und mitzunehmen!

Völlig geschockt verharrte sie tage- und monatelang auf die große Lücke starrend, die Bel Anatole hinterlassen hatte. In Piedrinas perfekten Flächen klaffte eine tiefe Spalte. Die anderen Pflastersteine sprachen sie nicht darauf an, wissend, dass es ein Anzeichen ihres gebrochenen Herzens war.

Nun zurück zur Geschichte:
„Komm", sagte Bel Anatole, zu Glückstein „ich zeige dir etwas". Dieser benommen und von der langen Reise sichtlich erschöpft, folgte ihm. Sie

begaben sich in ein Dorf, wo die Menschen sie neugierig beäugten. Merkwürdigerweise schienen diese beim Anblick der Fremden nicht überrascht und dazu noch so viele Pflastersteine durch den Ort rollen zu sehen. Am Ende der langen von Platanen umsäumten Allee kamen sie an ein Holzhaus, dass wie ein Wikingerhaus gebaut war.

Seltsamerweise türmte sich neben dem Haus ein riesiger Berg mit Steinen. Steine in diversen Größen, Farben und dazwischen befanden sich auch viele Pflastersteine.

Glückstein betrat gespannt die Stufen und der Dorfälteste öffnete sich leicht verbeugend die Türe. Nur Bel Anatole begleitete ihn. Alle anderen Dorfbewohner, Pflastersteine und sogar die Hunde, die sich herumtrieben, blieben ehrfurchtsvoll draußen.

„Was sollen wir hier", fragte Glückstein. „Das wirst Du gleich sehen". „Wie gefiele Dir der Gedanke, wieder in diese Anstalt zurückkehren zu müssen, aus welcher wir Dich gerettet hatten"?

Bei dem Gedanken erschauerte Glückstein. „Wenn Emma dahintersteckt, dass ich eingewiesen wurde, gefällt es mir gar nicht. Für immer im Nachthemd eingesperrt zu sein. Der Gedanke machte ihm Angst.

71

Und auch der Gedanke an die ehemals geliebte Frau behagte ihm nicht. Gänsehaut überkam ihm.

„Es wäre ganz furchtbar für mich! Schrecklicher Gedanke!" Fast weinte er.

„OK"! schrie Bel Anatole „Georgina komm' raus!". Glückstein wunderte sich. „Wer ist Georgina, bitteschön"? Bevor er eine Antwort bekam, öffnete sich eine der Türe und eine wunderschöne Frau mit leuchtend blauen Augen kam herein. Sie lächelte.

Glückstein, der in seinem Leben noch nie solch eine schöne Frau gesehen hatte, blieb der Mund offen stehen. Sie ging auf ihn zu und zeigte strahlend ihre schönen Zähne. Glückstein lächelte sie völlig fasziniert an und vergaß für einen Moment seine guten Manieren, nämlich sie zu begrüßen. Dann griff die genannte „Georgina" in ihr Haar, um das hübsche, weiße Kopftuch, das sie umgebunden hatte, zu entfernen. Glückstein schnalzte schon mit der Zunge. „ Sie hat bestimmt goldenes Haar", dachte er erwartungsvoll und lächelte sie an.

Doch dann schrie er plötzlich entsetzt und vor Schreck auf und musste sich an einem der Stützbalken festhalten. Sein Gesicht wurde aschfahl und auf seiner Stirn bildeten sich zeitgleich dicke Schweißperlen.

Da wo normale Menschen Haare tragen, bewegten sich viele Schlangen verschiedener Größen, Gattungen und Farben. Und während er noch völlig entsetzt, erschrocken und trotzdem fasziniert auf ihren Kopf und die sich in alle Richtungen bewegenden Schlangen starrte, veränderte sich Georginas Blick. Sie schaute ihn plötzlich böse und mit kalten Augen an. Aus ihrem Mund, mit den schönen Zähnen wand sich eine dicke Schlange mit zwei Köpfen heraus. Sie bäumte sich in seine Richtung auf wie eine Cobra und zischte laut.

Bevor Glückstein, nachdem ein langer Schrei aus seiner Kehle ertönte, in Ohnmacht fiel, bemerkte er an seinem Körper eigenartige, schmerzhafte Veränderungen. Dann schrie er wieder kurz auf und fiel krachend nach vorne. Sein Körper aus Fleisch und Blut veränderte sich und verwandelte sich zu einem bröckelnden Gestein, das sich zu einem quadratischen Stein formte.

„Zufrieden"? zischte Georgina mit kehliger Stimme, nachdem sie die Cobra aus ihrem Mund wieder geschluckt und sich das Kopftuch wieder umgebunden hatte. Bel Anatole gab ihr keine Antwort und nahm den soeben in einen verwandelten Pflasterstein, alias Hugo

73

Glückstein im Schlepptau mit nach draußen. Die anderen wartenden Steine schwiegen. Glückstein wollte sprechen, um zu erzählen was ihm widerfahren und wie er sich fühlen würde, und das Einzige, was aus seiner steinernen Kehle kam, war: „Rattatata Bumratubba". Sofort stimmten sie ein! Rattatata Bumratubba!, „Du bist jetzt für immer einer von uns", johlten sie durcheinander! Die Dorfbewohner hielten sich bei dem Getöse die Ohren zu und gingen in ihre Häuser. Es gab nichts mehr zu sehen. Es interessierte auch nicht, weswegen Glückstein hergekommen war. Nachdem Georgina den Raum wieder verlassen hatte, gingen die Anwohner hinein und einer von ihnen hob mit zwei spitzen Fingern das völlig verdreckte Nachthemd hoch. Mit den Fingern der anderen Hand hielt er sich die Nase zu.

Das Einzige, was noch von Glückstein, dem Menschen, übrig geblieben war, waren seine üppigen Haare, die auf einer Seite des Pflastersteins zu sehen waren. Die anderen Pflastersteine klopften sich beim Anblick auf den oberen Teil des Steins mit ihren Kordelärmchen, die sie nach Belieben aus- und einfahren konnten, auf ihre Vorderseite und lachten laut. Ein Stein mit Haaren, haha, Haare, haha....

„So, jetzt ab nach Hause", schrien sie plötzlich alle aufgeregt durcheinander. „Komm, klettere auf den Thron und gewöhne dich erst einmal an deine neue Situation", sagten sie mit sanfter Stimme, fast fürsorglich. Dabei warfen sie den nun Bewegungslosen auf den Thron und Glückstein fühlte sich wie einst in Düren, als ihm die Zwangsjacke umgelegt worden war.

Es ging rollend zurück wieder mit Luigi und seinem Schiff über das Meer Richtung „Via Appia". Diese Rückreise wurde von allen als zeitlich recht kurz empfunden. Die Pflastersteine, die sich Bel Anatole zuliebe auf den beschwerlichen Weg gemacht hatten, waren froh, wieder in die geliebte Heimat zurückzukehren. Schweigend nahmen sie, sobald sie am späten Abend ankamen, nachts wieder ihre alten Plätze von einst an.

Als die ersten Passanten sich am nächsten Morgen anschickten, wie in den letzten Wochen arg verärgert, den holprigen Weg durch den Schlamm zu machen, schrien sie vor Überraschung auf! Alle Steine waren wieder da! Sogar noch säuberlicher angeordnet als vor deren damaligen Weggang.

Bel Anatole und die anderen schlummerten erst einmal wochenlang, um sich von dieser langen Reise mit dem damit verbundenen Abenteuer zu erholen.

Nach ihren Ferien fand unter ihnen wieder das geregelte Leben statt. Alle waren froh, dieses Abenteuer heil und ohne jegliche Schäden oder Verluste überstanden zu haben.

20 Jahre später!

Emma hatte Edouard den Nachbarn, nachdem Glückstein Jahre später nach seinem Verschwinden für tot erklärt worden war, geheiratet. Die Kinder inzwischen erwachsen waren von Zuhause ausgezogen und gingen ihrer Wege.

Eines Tages verbrachte Emma mit Edouard ihren Urlaub wieder in Süditalien. Dabei kam sie auf der Rückreise auch zu der Stelle, wo ihr erster Mann Hugo, bevor er verrückt geworden war, einen Stein ausgehoben hatte. Schweigend schaute sie auf die Pflastersteine und wurde fast melancholisch während sie ihm zum hundertsten Mal die Geschichte erzählte. „Liebling, sagte der mittlerweile sichtlich genervte Ehemann, sollen wir nicht, sozusagen als Andenken, auch einen von ihnen ausgraben und mitnehmen"? Glückstein, der beide wiedererkannt hatte und sich dabei mächtig erschrocken hatte, hielt den Atem an und wunderte sich insgeheim, dass seine einstige Frau ihn kalt ließ und er keine Gefühle mehr für sie empfand. Wäre er noch aus Fleisch und Blut gewesen, hätte man sehen können, wie blass er bei ihrem Anblick wurde.

„He! Der Typ will einen von uns ausgraben!" schrie plötzlich Giovanni, der Tageswächter aller Steine. „Alarm! Bloß nicht!" schrien alle entsetzt durcheinander. Und während der ehemalige, scheinheilige, freundliche Nachbar überlegte, welchen Stein er mitnehmen könnte, wandte Emma ein! „Bitte nicht Edouard! Ich will nicht, dass es Dir eines Tages so ergeht wie Hugo!" Er schaute sie überrascht an und überlegte kurz. Ihr Gesicht sprach Bände.... „Na gut, Süße", säuselte er „er würde auch nicht in unseren neu angelegten Garten passen, obwohl wir den da als Glücksbringer mitnehmen könnten. Sozusagen als Glückstein", fügte er nachdenklich auf den versteinerten Hugo Glückstein schauend. Gottlob konnte er nicht sehen, dass die verbliebenen Haare seitlich an Glückstein herunterhingen. Er hätte ihn bestimmt trotz aller Einwände Emmas als Rarität einstecken wollen.

„Neeiiin, lass' es Edouard, man soll das Unglück nicht herausfordern", schrie Emma, die nun fast hysterisch wurde. Glückstein, der seinem Namen hier alle Ehre hätte machen können, atmete erleichtert auf. Die Gefahr schien gebannt, als sich beide schweigend herumdrehten und ihm den Rücken kehrend, den Ort verließen um weiterzureisen. Nach und nach atmeten auch die anderen Pflastersteine, die versteinert vor Schreck den Atem angehalten hatten, erleichtert auf.

Hugo Glückstein wollte nie mehr wieder in sein Land zurück, das einst seine Heimat war. Er hatte SIE nämlich gefunden, Pierrette aus Monoicos. Mit ihr wollte er alle Äonen seines Daseins hier an diesem Ort verbringen.

Neben ihm lächelten sich Bel Anatole und Piedrina ununterbrochen an, und man hätte sich keine glücklicheren Paare auf der ganzen Via Appia vorstellen können.

„Hurrahhh! Sie sind weg", schrien die anderen Pflastersteine durcheinander als sie sahen, wie sie wegfuhren. Das Leben der Pflastersteine, die niemals sterben würde für immer auf ihrer geliebten „Via Appia" weitergehen.

ENDE!